丸戸史明

插畫／深崎暮人

Kadokawa Fantastic Novels

彩頁／內文插畫：深崎暮人

Content

原畫、CG上色

blessing software

劇本

企畫、製作人、
總監

音樂

第一女主角

Saenai heroine no sodate-kata.Fan Disk

第1.5章
不好惹
女主角
恭維法
Saenai heroine no sodate-kata FD

根據資料（維基），所謂同人誌販售會，就是配發、公開、販賣同人誌的集會活動。

這是象徵日本御宅族文化的活動，會場內流通的漫畫、動畫、電玩相關的同人誌有人來買、有人在賣、有人則是買了再轉賣給中古同人店鋪，千差萬別的參加者都聚集在此。

當中尤其是「賣家」，也就是製作本子的那一方，以御宅族來說算罪孽最深重的一群。

有人為了區區的興趣徹夜不眠好幾天，荒廢掉私生活。

有人把盂蘭盆節和元月假期全部用來參加活動，放棄了學業、就業或結婚任人生沉淪讓父母操心。

有人過於熱中活動而失去人際關係。也有人反而建立起討人厭的人際關係。

另外，也有人是以販賣同人誌為主要收入來源，不從事其他工作也不報稅（這是我的印象）並逐漸專業化。

對那些在各方面都特色強烈的人而言……最要緊的日子並非活動當天。

這段故事，是某位同人作家的奮戰記錄。沒錯，我要講的正是她在活動前夕，瀕臨交稿死線的故事……

咦？說我有偏見？哪有？

※　※　※

「好的，好的，我明白……再一個小時……封面的圖檔十點前一定送到！」

桌上的時鐘，時針已經走到大約晚上九點十五分。

「咦，目前進度嗎？呃，那個……我想草圖差不多快完成，應該準備要上線了～」

房間裡播放的音樂，是從某影片網站找到的九〇年代懷舊動畫組曲。

「啊，不是！照當初預定開四色版，不是印黑白的！我們會上色，會上色，會把稿子上完色給你！……呃，凌晨十二點之前。」

於是，聽筒傳來對方急切的催促聲，我這邊也用更加急切的語氣應對。

「啊，不過能延到那時候的話，就算早上八點交稿也一樣對不對？那我們在山川先生明天早上上班以前一定會完成！」

不停穿插在雙方交談間的細微運筆聲，是這絕望狀況下僅有的一線希望。

「咦？不，那樣有點……請、請稍等一下！」

接著，我回過頭。

看向那一絲的希望。

「喂，英梨梨！」

「我在忙，不要找我講話！」

「我會碰到這些麻煩百分之百是妳害的，還用那種口氣……」

無論我這邊交涉得有多麼緊迫，那道不講理的希望光芒也不會特地對我付出關心，她不會做那種違反效率的事。

還有她也不會改正自己超差的坐姿。

她駝著背，將臉貼得快要讓眼鏡碰到原稿，一心只顧動筆。

「怎樣啦？有事長話短說。」

「對方說今天之內沒辦法交稿的話，印刷費要加兩成……」

「我明白了，照付。」

「一說就付嗎！」

那樣的她，名叫澤村．史賓瑟．英梨梨。

由上天賜予柔順金髮和白皙肌膚的日英混血兒。

有著外交官父親的大家閨秀。

因為這樣，在學校更是受公認的美少女。

同時也是我的青梅竹馬。

不過，她身上那種太過完美的第一女主角氣場……

「反正加價也不會飆到十萬嘛，這次頁數又不多。」

「那一大筆錢夠買三季的動畫ＢＤ了吧？」

「只要完售就算不了什麼啦！」

「妳在島塊區中間擺攤也敢那樣講嗎……」

在原稿作畫期間連續熬夜，棄髮質膚質於不顧。

外國阿宅父親和腐女母親以英才式教育栽培出的純正低調型宅女。

因為這樣，在活動中更是受公認的人氣同人作家。

不過，她終究是我的青梅竹馬。

這幾層完美過頭的幕後設定，讓一切氣場都被糟蹋了。

「好，封面上線完成。接下來我要畫分鏡，你幫忙把這分好色區！」

「妳在面臨絕境時的作畫速度可以受到肯定，不過像這樣把我當奴隸就……」

另外，被拐到千金小姐府上為她做牛做馬的我，名叫安藝倫也。

擔任同人遊戲製作人兼企畫兼總監的多元創作者，就讀高中二年級。

不過，縱使我有這霸氣十足的頭銜……

「話說回來，為什麼我會淪落到這裡當奴隸？」

「在你抱怨那些時，活動後天就要到了喔。」

「妳那樣說，就有理由將和印刷場交涉、出門買宵夜、甚至連幫忙畫ＣＧ的工作都全部推給我嗎？」

對眼前的同人女來說，我似乎只像騙徒兼號召者兼處理雜務的萬用助理。

只因為我從來沒有製作過遊戲，她就這麼看扁我……

「沒辦法啊。誰叫爸爸和媽媽都陪大使回去英國了。」

「……聽說他們要和哪國的殿下共進晚宴？」

「真是的，明明女兒被截稿期限逼得這麼痛苦，他們真悠哉耶！」

「呃……妳要把那兩項放在天秤上比嗎？」

先不管那些，我這種人會在深夜裡待在女生房間，照這樣下去還準備一起迎接早晨，置身於有如現充或美少女遊戲主角的處境，當中自有原因。

透過上個月發生的某件事，獲得天啟決定製作美少女遊戲的我為實現目標，就靠著三顧之禮迎來了最強的原畫工作班底（澤村英梨梨）。

從那之後，這傢伙就顯露出同人作家或青梅竹馬或金髮雙馬尾常有的嬌蠻本性，接二連三地把沒道理的難題推給我。

收集同人誌的作畫資料、張羅考試要用的筆記、代為處理網路預約和拍賣標購、替她回應部落格和推特……

更絕的就是今天這種狀況。

理應是雇主的我，莫名其妙地被理應是受雇者的英梨梨把她的社團雜務通通賴到頭上，像這樣和截稿的死線搏鬥著。

十年前她明明是黏在我後面的依賴型女生，為什麼現在會變成這樣？

七年來，英梨梨明明都不肯當著別人的面找我講話，為什麼現在會變成這樣……？

「話說這次實在不太妙……正篇內容一頁都還沒畫好，卻只剩下二十四小時，真是前人未及的境界呢。」

「光是在活動前一天才送印就已經夠扯了，妳還打算拖到晚上嗎！」

「不要緊，那間印刷廠從我媽媽還在畫同人的時候就有來往……應該……不要緊……」

我看準備踏進前人未及境界的應該是那間印刷廠吧……

「欸，英梨梨，到這種關頭我就直說好了。」

「到這種關頭你就別說了。」

「放棄這次的新刊也是一種選擇……」

「就叫你別說了吧。」

「至少可以放棄用平版印刷，改出影印本啊……不然就刪減頁數，用草稿混過去。」

「我哪有可能那樣做嘛！你把來買本子的人當成什麼了！」

「抱、抱歉……是我不好。」

英梨梨當時飽含怒氣的認真口吻，讓我全身上下都被電到了。

沒錯，雖說是同人，這傢伙終究是個創作者。

推出質與量都不足的本子，背叛期待的眾粉絲，才是對自己最不可原諒的妄舉……

「基本上，你知不知道出限定影印本有多恐怖和多空虛？先要熬夜拚命畫，一大早再到便利商店急急忙忙地影印，然後在開場前趕著用釘書機裝訂，費了這麼多工夫還是只能換來赤字，報假社團拿票進場的那些傢伙卻可以重複排隊把本子全部買斷，再拿去雅虎拍賣大賺一筆耶。」

「呃……咦～～？」

「而且買不到的人不會去炮轟那些轉賣本子的缺德鬼，反而來嫌我！那種人又動不動就叫我過氣作家！找了那麼多麻煩還隨隨便便就把掃圖壓縮檔散布到網路上！」

「妳是不是別看網路上的那些閒言閒語比較好？」

英梨梨當時飽含怒氣的認真口吻，讓我全身都受到了毒害。

這傢伙賺的終究是投機財。同人業界常見的敗類。

「基本上既然妳把事情說得那麼嚴重，為什麼還要拖到這麼晚？提早一點把本子按部就班地畫完不就好了。」

「……作家拖稿才沒有什麼理由啦。」

「……酷耶～」

在同人界已經能輕鬆占到牆際攤位的社團「egoistic-lily」的人氣作家柏木英理，亦即澤村英梨梨……

這傢伙聽來含蓄的那句話其實一點也不酷，純屬自作自受，但強烈湧上的同理心卻硬是妨礙我做出冷靜評斷。

大家都要確實遵守截稿期限喔，懂嗎？

※　※　※

「……欸。」

「…………」

草木入眠，阿宅卻不能成眠的深夜動畫時段。

「你聽我說一下……」

「別跟我講話，我在工作。」

「像分色區那樣的單純工作根本不用花腦筋吧。總之你聽我說就對了。」

我在「自己的收視黃金時段」連電視都不能開，還得跟陌生的圖像編輯軟體PHOTO SHOP苦鬥，結果英梨梨拋來的話卻冷酷又無情。

「所以說，怎樣？」

「分鏡沒進度。」

「是喔，加油吧。」

「我想要的不是鼓勵，而是有生產性的建議、點子、梗，可以的話直接把分鏡給我。」

還有，她拋來的話非常自我中心。

「……為什麼要問我？」

「畢竟，你對這部作品很熟吧？反正你已經看了好幾遍了吧？」

「要說的話，我確實在第一時間看得心塞不已，錄影重看又萌了一遍，目前則是看BD看到哭啦。」

這次，英梨梨選來當同人題材的作品是《雪稜彩光》。

正好是這季播放完的原創動畫。

不會下雪的土地——靜岡縣（偏見），在奇蹟似的飄下雪花（偏見）的某個冬日，主角公平發現了一個喪失記憶的少女。

以公平和她的同居生活及其存在之謎為主軸，將同伴間的友情、羈絆、嫉妒與背叛描寫得既夢幻又生動，是部清新糾結的傳奇系青春群像劇。

……這暫且不提。

「是妳自己要出的本子吧。那樣的話，梗要自己想啊。」

「就算你那麼說，這部我只有看到第三話而已嘛。」

「啥！那妳幹嘛挑這部畫同人？」

「當然是因為它目前最有話題性啊。」

「哇喔，妳真是……」

在本季動畫當中，這部作品的銷量是第三名，不過討論串的成長度其實排第一。而且之前才剛播完最後一集，因此市場需求雖然高，卻還沒有多少社團推出同人本，可以算絕佳的商機。

這傢伙對流行趨勢真的絕不會看錯。

但即使如此，拿自己看都沒看的動畫出同人誌絕對有問題……

「其實我也想持續追到最後一集，不過從五月就變得好忙……有個莫名其妙的社團代表對我提了莫名其妙的企畫……」

「有事情請儘管吩咐！」

不過就算世界充斥著不可理喻的事，也不能再拖下去。

製作人兼總監對角色設計兼原畫要絕對服從。

這是在遊戲製作方面無從推翻的潛規則。

「倫也，在那部作品的二次創作中，你想看到什麼樣的內容？」

「我的話……果然還是會想看主角和羽衣耍甜蜜的模樣吧。」

這部作品的第一女主角名字叫天女羽衣。

取名方式露骨到有點讓人詬病……真實身分幾乎不言自明的失憶少女。

順帶一提，第一話裡主角跟她相遇的地方自然是在三保之松原。

「我說啊，《雪光》的人設相當偏萌系，卻因為故事太沉重，看正篇劇情時很難讓人腦袋放空只管萌。所以我建議可以用同人來補充。」

一開始公開宣傳影片時，我還期待這會是一部什麼樣的煽情後宮愛情喜劇，結果看了才發現致鬱情節、嫉妒眼紅、情場互鬥全都來。

哎，它就是靠著畫風和劇情的落差，才會爭取到眾多反應熱烈的粉絲，所以也不能一概當成缺點啦……對，就是像我這樣的粉絲。

即使如此，還是有許多要求「給我們看更多主角和小羽衣的賣萌同居生活啦！」的粉絲留了下來，至今仍在網路上鍥而不捨地抗議……對，就像我這樣。

「畫短短的一小段插曲也可以。比如男女主角獨處用餐的場景；或者肩並肩待在同一個被窩裡的場景；或者讓兩個人一起去澡堂，然後羽衣先洗好到外面等，於是天空飄了雪，讓紅紅的肥皂盒發出咯噠咯達的聲響之類。」

「我可以略過許多想吐槽的點只給你一句評語：了無新意。」

英梨梨的反應卻十分冷淡，而且並不理想。

「是，是喔？我覺得很穩當就是了……以二次創作而言。」

「要不然妳就別問我啊」——這種頂嘴方式，如前面所述，以總監和原畫家的關係來說辦不到。

「我討厭那種女主角。」

「不要那麼說啦。有句話叫『怨人者，必由二人犯之』喔。」

「……所以，你是想看羽衣被腦殘二人組侵犯輪暴的故事囉？」

「妳的思考迴路是怎麼跑出那種結論的啦！」

「還不是都錯在你當著女生面前講出那麼下流的比喻！」

「咦，我有哪裡用錯了嗎？」

可是這是擅長國文的學姊（霞之丘詩羽）教我的諺語耶……

「我總覺得那個叫羽衣的女生太八面玲瓏，跟人偶一樣。感覺都讓劇情呼來喚去的。」

「是喔……」

「所以，我比較喜歡有人味的麻里子。」

渚麻里子是主角篠塚公平的青梅竹馬。

她和天真浪漫的羽衣呈對比，是個寡言陰沉又樸素的角色。

屬於獨自扛起這部作品的致鬱性……消極的一面，地位重要卻遭到埋沒的女主角。

當然她對公平抱有淡淡情意的隱藏設定絲毫不會動搖。

雖然再提就重複了，不過麻里子和主角是青梅竹馬。雖然感覺不出任何用意或意義，以結果而言她就是青梅竹馬。

「哎，確實也會有那種感想啦。」

畢竟，人的感想可以說千差萬別。

所以無論作品被如何解讀，我身為觀眾都無權、也無意對別人唱反調就是了……

「反正，我屬於可以坦然享受故事樂趣的實惠型觀眾。」

「啊，是喔。」

也有人笑我這樣的消費者好哄。

「況且不管怎麼看，這個導演製片的前提就是想幫羽衣衝人氣啊，順著他的思路看作品會比較有樂趣吧？」

不過，好哄又有什麼錯？

對了無新意的故事過度感動，會讓誰吃虧嗎？

並沒有粉絲會因而遭受不幸吧！

……至少，在夢醒前不會。

「你從以前就那樣。老是一路追求王道。」

「請叫我永遠當主流的阿倫。」

「甚至不惜扳倒旁人、拋下跟不上的同伴。」

「妳在說什麼？」

「…………」

「英梨梨？」

我本來以為英梨梨會「笑我好哄」……

「抱歉，我需要專注一下，別吵我。」

「喔，好……」

結果，她卻散發出莫名不愉快的氣息並且不再吭聲。

「…………」

「……？」

快要到御宅族也入睡的深夜動畫結束時間了。

即使如此，我們到現在仍片刻不眠地沉浸於原稿的大海中。

離截稿極限，還剩幾個小時……？

※　※　※

「……欸。」

「……呼嚕。」

「你醒一下……」

「……嗯？」

「…………」

「呼嚕……呼嚕……」

「…………」

「……啊！」

睜眼的瞬間，早晨的光芒就從窗簾縫隙扎了進來。

接著我看向時鐘，時針已經走到大約早上九點十五分。

好險，幸好今天是星期六……假如是從早上就到處在播特攝片和動畫的星期日可嚴重了。

「抱、抱歉！我睡著了。」

……不對，我在交稿日想那些幹嘛。

「沒關係，反正你負責的部分都弄完了。封面的圖檔也已經送出去了。」

「英梨梨……？」

平時應該會趁機大肆數落我的英梨梨，現在卻默默地面向桌子。

哎，雖然坐姿一樣糟糕透頂。她那樣子戴眼鏡有意義嗎？

「呃，那個……妳吃過早餐了嗎？」

「還沒。」

「那我去買回來。」

「嗯，麻煩你。」

在我睡醒後，坦率的互動就像這樣一來一往地持續著。

之前那種有點尷尬的氣氛，似乎都靠我睡著而抹銷得一乾二淨了。

看來，這段中場休息時間讓我們獲益良多。

所以英梨梨才沒有對我發牢騷，一定是這樣。

「吃牛丼可以吧。熬夜過後八成也餓了，我幫妳點特大碗的。」

「……你一大早就想讓女生吃多不好消化的東西啊？」

「還是妳要加沙拉？」

「先減少分量啦。中碗就夠了。」

啊，原來吃牛丼可以喔……

「結果，妳決定畫什麼樣的故事？」

「不要看。」

「把人軟禁了一整個晚上，妳到現在還要遮遮掩掩啊……」

吃完早餐後，牛丼的味道還沒從房裡散去，英梨梨就立刻著手接下來的作業了。

……哎，換成一般作家在這時候早就放棄了，她會急著趕工以某種意義來說也是當然啦。

「……主角和麻里子要甜蜜的故事。」

「原來如此。」

對第一女主角太受禮遇而顯露難色的英梨梨，和我不希望看到心儀女主角被凌辱的想法磨合以後，落到了這個不錯的折衷點。

「居然要我畫純愛類……賣不好就是你的錯。」

「不對吧，錯在妳挑了附屬女主角出本。」

這應該是不錯的折衷點……吧？

「既沒有凌辱……也沒有最受歡迎的女主角……要賣得好只能靠內容了呢。」

「對啊。」

「同人誌幾乎都是靠封面吸引顧客嘛」這種直指核心的論調，也可以套用在輕小說和其他領域上，所以我現在講話要收斂。

「這樣一來，就必須安排相當激烈的床戲……」

「……果然還是畫十八禁嗎？」

「賣普遍級同人根本賺不了吧。」

「有、有愛就不必介意銷量！」

「不用說了！所以我現在要開始畫床戲的分鏡囉。」

「那、那我到其他房間休息以免打擾妳……」

「哪有可能讓你休息，你負責想公平的台詞。」

「喂，不要找我編情色橋段！我未成年耶！」

「我也未成年，所以不會有問題啦！」

「問題大了吧！」

神明啊佛祖啊青少年保護條例啊……請救救受制於人的我。

「公平……公平……我好痛苦、好難過、好寂寞。」

「麻里子……妳只是自己在折磨自己。我一直都對妳……」

「騙人……你騙人……羽衣出現以後，你明明一直被她吸引。」

「那是因為……」

「我一直好怕……怕你會不會離開……怕你會不會丟下我，自己跑到天上……」

「我哪有可能走呢……我才沒有辦法拋下妳。」

「公平……我好高興。」

「所以妳要笑喔，麻里子。」

「……嗯。」

「就是這樣，因為妳在笑的時候最可愛。」

「…………」

「所以，往後妳也要一直帶著笑臉留在我身邊……」

「……欸。」

「嗯？怎麼了嗎，麻里子？」

「差不多該插進來了啦。剩下的頁數快不夠了。」

「抱、抱歉……麻里……英梨梨。」

筆尖落在紙面重重有聲。

拖拖拉拉又沒完沒了的心境描繪顯得青澀。

再加上，呼吸急促的兩人。

「好、好痛……！」

「抱、抱歉，我先拔出來。」

「就跟你說頁數已經不夠了嘛！快點動！」

「好、好啦……」

……在女同學房間裡浪聲浪語的男生中，沒有實際發生行為的人不知道占多少比例耶。

「再愛我……愛我多一點。」

「我剛剛就說過了吧……在這世界上，我最愛妳。」

「光用說的……我不信。」

「那要怎麼做妳才願意相信？」

「侵犯我。」

「咦……」

「對我燃起更深的慾望。」

「…………」

「對我做更離譜的事。」

「…………」

「對我做……你根本不可能對其他女生做的事。」

「………………………」

「而且是激烈得只有能包容你的一切的我，才能配合的事……」

「唔喔喔喔喔喔喔喔～～！現在最離譜的是我們兩個啦～～～！」

「別恢復理智！會讓我想死啦！」

「我感覺自己已經陣亡一百零八次了！」

「好不容易入戲了，你不要把情景打斷！」

「虧妳可以跟男生獨處還做這種工作！」

「在截稿前夕所有過錯都是可以正當化的嘛！」

「之後後悔我也不管妳喔！」

「快點配下一句台詞！不趁進入狀況時一口氣畫完，馬上會變成失魂啦！」

「喂，當作家也太犧牲了吧！」

「好，現在就來個愛的抱抱……不，那還是排到最後要體內射○時再畫好了，既然如此先從背後上是不是比較妥當……？欸，純愛作品也可以來個肛○對不對！公平。」

「我是倫也啦～～～～！」

於是在一小時後。

「好想死……我好想一死了之。」

「不就跟妳說了……」

在那裡，有兩個人演足床戲丟盡臉而變成空殼的模樣。

明明彼此身體上沒有任何接觸，這種籠罩著精神的強烈虛脫感卻完全讓我們進入了辦完事以後的世界。

「敢把這件事洩漏出去，我就宰了你。」

「我哪有可能講啊，白痴。」

「這、這都是因為我兩天沒睡覺的關係喔！」

「哎，多虧如此，才讓妳畫出這麼符合麻里子性格的熱情分鏡就是了。」

「你、你也覺得嗎？其實我在想，這篇是不是畫得滿出色的？」

「啊～～……是喔。」

為什麼我身邊的女性作家，對於創作的心都像這樣真摯過了頭？

※　※　※

從窗簾縫隙照進來的陽光，已經大幅西斜。

「還剩幾張？」

「嗯……應該剩三張，還有後記。」

「那差不多再兩個小時吧。」

印刷廠還在等這份原稿，離假日轟動出勤中的負責人拿捏的真正截稿期限，還有三小時。

居然設法趕上了……這傢伙點燃鬥志以後，畫得真的有夠快。

而且品質和平時幾乎沒有差別，真叫人欽佩。

「交稿是那樣沒錯，不過對我來說還有二十小時才對。」

「妳是指……」

二十小時以後，就是星期日的早上十一點。

換句話說，意思是「到開場以前都算交稿喔」。

「明天的活動，我根本還沒有準備……連今晚就三夜未眠了。」

像英梨梨這樣的人氣社團，並不能把本子疊到桌面上就交差了事。

還要製作商品一覽的文宣，列印海報、考慮擺設、準備排隊最後面要舉的牌子……

「然後呢……到現在才跟你講這個，或許說不太過去就是了。」

「我明白。」

「明天的活動……咦？」

而且，活動當天自然也需要有人顧攤……

「我說明白，就是真的明白。所以交給我吧。」

「倫也……」

之前絕不會停下的運筆聲，停住了。

之前絕不會離開原稿的目光，轉到這邊來了。

「妳幹嘛偷懶？快點畫。這樣要是沒趕上我可不會原諒妳。」

「唔……嗯，謝謝。」

英梨梨說了「謝謝」……？

被她客客氣氣地用那種溫順的表情答謝，我也很困擾。

因為很困擾，我只好想辦法轉移話題。

「明天和妳鄰攤的，是伊吹惠那吧？」

「咦?嗯，沒錯啊。」

「我在開場兩小時前就會到……妳可以慢慢來。」

「啊～～是那樣喔。」

「我每次都有去排隊，可是還沒有和她打過招呼耶。」

「畢竟那個人是大美女嘛。」

「而且聽說她個性就像天使一樣，在同人討論版大多可以排到前五名。」

「……我就不問那是什麼排行榜了，不過她已經結婚了喔。」

「……真的假的?」

「真的。平時都有社團的男代表陪在她旁邊吧?那就是她老公。」

「妳不覺得就算知道那些事，也應該保留不講才識相嗎?」

「假如女作家的社團代表是男人，那個人大致上就是男朋友或老公。我媽媽說過她以前認識的人有八成以上都是那樣。」

「妳有聽到我剛才講的話嗎!」

「順帶一提，老是和男性作家在一起顧攤的女coser，九成以上是女友或惡婆娘……」

「別講了好嗎?欸，別講了好不好!」

結果，我不應該轉移話題的……

※※※

「好的，好的……那麼，明天托運的本子……」

桌上的時鐘，指針已經走到大約晚上九點十五分。

「嗯……呃，那個時間送到，就不確定能不能在開場前全部搬進去了……」

房間裡播放的音樂，是從某影片網站找到的九〇年代懷舊動畫組曲。

「好的，我明白……至少，再給我們三十分鐘。」

於是，聽筒傳來對方急切的催促聲，我這邊也用更加急切的語氣應對。

「ＯＫ嗎！好的，好的……我明白了，非常謝謝你！」

不停穿插在雙方交談間的細微運筆聲……已經聽不見了。

所以，我回過頭。

「喂，開心一下吧！我設法請對方趕在開場前把本子送……啊。」

「……呼嚕。」

望向那位將一切完成的公主……不對，望向那睡著的暴君。

「英梨梨……」

「嗯～～～……呼嚕～～～」

她和畫原稿的時候一樣，用糟糕透頂的坐姿趴在桌上。

現狀是，離戰鬥結束還剩十小時以上。

再順帶一提，她和男生孤男寡女地在自己房間裡，而且父母都不在家。

「嗯呵呵呵……呼嚕～～～」

「妳白痴嗎～～？」

……英梨梨帶著一臉安心無比的表情睡倒了。

「嗯～～？」

得趕快把她叫醒。

得讓她幫忙為明天做準備。

不對，我才是幫手，這傢伙不醒來，明天的活動就沒戲唱了。

「嘶～～……嘶～～」

「妳很虛耶～～」

哎，終歸一句，得叫醒她才行。

畢竟，像英梨梨這樣的人氣社團，並不能把本子疊到桌面上就交差了事。

還要製作商品一覽的文宣，列印海報、考慮擺設、準備排隊最後面要舉的牌子……

「哎，有十四個小時應該夠充裕吧……」

我喚醒幾年前來英梨梨家玩過好幾次的小學時期的記憶，將衣櫥打開，裡面果然擺著她用的全套寢具。

當我從中拿了一條棉被出來，準備悄悄蓋到英梨梨身上時……

「嗯……？」

「臨時代表　安藝倫也先生

明天就拜託你囉！

egoistic-lily　柏木英理」

我在英梨梨握著筆桿的右手前面，發現了那樣一張便條。

「她都預謀好了……？」

我猜，英梨梨肯定是在半睡半醒間寫下這段留言的吧。

潦草的字跡看起來比平時更隨便，活像蚯蚓在爬。

從中流露出來的，是往常的那種高傲，與以往所沒有的一點點信賴感。

還有……

「臨時……代表……？」

那個頭銜有什麼意義，我並不了解。

※　※　※

接著終於到了活動當天。

上午十點五十五分……也就是開場五分鐘前的活動會場……

「本子有了、零錢有了、一覽表有了、海報有了、給排隊隊伍最後一個人舉的立牌有了……一切準備就緒！」

「對、對啊……」

「來確認各自的任務！我負責出貨、整理隊伍、應付壅塞、應付場務人員、應付客人，還有其他零零總總的事情！」

「你、你好忙喔。」

「相對的，妳負責專心顧攤！這項工作很簡單，放輕鬆。」

「是、是嗎？」

「另外，排隊的人數在開場前似乎已經輕鬆突破三位數。可以預估開場數分鐘以後還會一口氣暴增數倍。」

「那、那麼多喔？」

「那麼多的客人只能由我們兩個來應對。很遺憾的，今天無法期待會有任何人來支援。」

「這樣啊……」

「所以囉……妳做好心理準備了吧？加藤。」

「怎麼可能嘛！」

「嗯？為什麼？」

面對即將揭幕的激烈戰役，我們兩個如銅牆鐵壁般的團隊默契正要冒出龜裂。

……哎，雖然這是在短短一小時前倉促成軍的團隊啦。

「我在星期天早上突然被挖起床，而且前一刻還在納悶怎麼會被帶來活動會場，我想普通女生根本不會有心理準備能待在這麼兵荒馬亂的社團裡顧攤喔。」

「加藤，妳想嘛，妳已經不是普通女生了。我一定會親手將妳打造成超級萌角……」

「你說那些角色論的時候也明白那跟目前狀況完全無關吧，安藝？」

沒錯，目前和我待在這種隨時會一觸即發的最前線的人……並非澤村．史賓瑟．英梨梨，而是加藤惠。

她兼具一點也不稀奇的名字、一定程度的可愛、還算坦率的個性，和我是同班同學。

……同時，也是在春天和我發生命運性邂逅事件，角色卻「不鮮明」得讓我一下子就忘記其存在的女生。

應該說她的一切參數都游走於平均值正負百分之五以內，差不多就在中央值和平均值中間，是這麼一個由上天選出的普通化身。

存在感好比得到了「可玩度還不錯」的評價，並且在一年後就會被忘得乾乾淨淨，地位大約能排在平凡作品和佳作中間的美少女遊戲……

「還有，你剛剛正針對我想一些不禮貌的事情對不對，安藝？」

「啊，抱歉。我確實對妳冒出了一連串不應該有的想像。請原諒我。」

「你那種目光游移又不當一回事的道歉方式很敷衍耶。」

「那怎麼可能呢，我的第一女主角！」

沒錯，她就是一個那麼普通的女生，同時也是被大大提拔在某款美少女遊戲超級大作擔任女主角的灰姑娘。

此外，提到那款美少女遊戲超級大作——

企畫：我

角色設計／原畫：柏木英理

劇本：霞詩子

總監：我

製作人：我

製作：我的社團（名稱未定）

正轟轟烈烈地由如此豪華的製作班底準備研發中。

「不講那些了，澤村同學人呢？基本上這裡不是她的社團嗎？」

「英梨梨嘛……她溜了。」

「咦～～」

哎，即將在未來變得爆萌的第一女主角，如今也只是單純的人手罷了。

「沒有啦，其實那傢伙沒有照料過自己的社團。平時都是由她父母包辦。」

「真、真是保護過度耶。」

「呃，因為那一家子非常介意讓英梨梨的長相曝光。妳想嘛，情色同人作家的真面目是高中女生，這種事傳出去問題就大了吧？」

「啊～～那倒是……以澤村同學的情況來想，還要顧慮到她的外表。」

從英梨梨口中冒出「要是有跟蹤狂來纏我怎麼辦？」那句台詞時，其說服力實在強大到讓我無言以對……

哎，雖然她到今天才講那種話的從容態度，讓我超想宰人的！

「所以囉加藤，和英梨梨的社團既沒有任何瓜葛，縱使長相曝光也缺少話題性的妳就這樣雀屏中選了。」

「都是你在選吧，安藝？認定我缺少話題性的也是你對不對？」

「拜託妳，加藤……這是為了我們的野心。」

「你又想用那一套混過去～」

我們這種有如糟糠妻拗不過賭鬼老公哭求而下海賣身的互動，並不是今天才開始的。

這是因為……

「啊，糟糕，再一分鐘就開場了！」

「咦～～這麼快？所以安藝，每本五百圓限購兩冊，還有傳單是一個人只能領一張對不對？」

「好記性！那就靠妳囉，加藤！」

「在這種情況下也只能被你靠了嘛……慶功時要請客喔。」

「包在我身上！只要是用錢能解決的問題，澤村家保證有辦法。」

「總覺得怪怪的……那我們彼此都加油吧。」

「噢！」

看吧，加藤惠這個女生到頭來就是這麼好說話。

她真的很容易哄……我是指方便使喚……應該說是可愛的傢伙。

加油吧，我的第一女主角。

「假如你那麼想的話，就好好把我當女主角對待嘛～」

「啊，抱歉，我不小心說溜嘴了。」

第2.5章
想睡覺
女主角
安慰法
Saenai heroine no sodate-kata FD

《不死川Undead雜誌》。

由不死川書店出版的輕小說雙月刊雜誌。

裡面滿載著不死川Fantastic文庫作品的介紹報導及短篇小說、改編的漫畫連載等等吸引人的內容，我推薦喜愛輕小說的讀者務必從官方網站定期訂閱以免錯過。

說到這裡，目前有一部輕小說作品正準備登上這本雜誌。

該作家的上一部作品兼出道作《戀愛節拍器》，儘管以預測評價而言並不被看好，掀蓋後全五集的小說卻創下五十萬冊銷量，縱使稱不上第一也在讀者和業界都得到了認可。

於是這一次，既然要順應當紅作品的風潮趁勢推出新系列，Undead雜誌這邊自然會替招牌作品製作特集……

※　※　※

「那麼，請容我開始錄音……霞老師，感謝您今天在百忙中答應接受採訪。」

「所以町田小姐，為什麼倫理同學會在這裡？」

「不要突然打斷話題啦，詩羽學姊……」

「吼～～講到這個，小詩和TAKI小弟你們聽我說！以前和我搭檔的外聘寫手中有個叫佐佐木的。然後呢，本來這次的工作我也想拜託他接手。結果他人突然就鬧失蹤了。因為我還交派了其他的工作給他，傷腦筋之下只好跑到他在秋田的老家找人，最後卻撲了個空。接著呢，住那邊的父親好像也不知道他的去向，我跟對方約好找到人再互相連絡以後就回來東京了。但是過一陣子佐佐木的父親又忽然主動聯繫說：『哎，那件事已經無所謂了。』……我頓時想通，他是到現在才逃回老家的吧。你們覺得我該怎麼把人逼出來？」

「妳也不要一開始就聊那麼血淋淋的案例啦！」

「停停停！」

於是，隨著我下的指示，從喇叭播出來的另一道屬於我的聲音驀然停止。

「加藤，把這段錄音跳過五分鐘左右。」

「要跳過嗎？採訪好像進行得正熱絡耶。」

「某種意義上是挺有趣沒錯，但這些絕對不能寫進報導啦……」

平時放學後進行社團活動時供眾人齊聚的，學校的視聽教室。

……的隔壁的廣播室。

大約八坪大的空間以學校設施而言格局較小，當中雜七雜八地擺滿了影像、音響器材，有時候做為視聽教室的主控台使用，有時候則用於全校廣播，在校園裡相當於有許多場面可以活躍的管制塔。

在那塊零亂狹窄的空間中，有一對男女正在和錄好的音訊檔搏鬥。

其中一個就是我，網名「ＴＡＫＩ」、渾號「倫理同學」的安藝倫也。

身兼豐之崎學園的二年級學生，以及連名稱都還沒有決定的同人遊戲社團代表。

最重視的遊戲製作終於起步，將熱情揮灑於監製工作和賺取製作費的熱血男兒。

另一個人名叫加藤惠。

分到相同班級後，印象薄弱得讓我花了半個月以上才記住姓名的同學；不過之後幾經周折就變成了和我一起創立放學後遊戲製作社團的重要伙伴。

而且，她更是被我逼著要在將來為我製作的遊戲擔任第一女主角的可憐人……錯了錯了，幸運女神才對。

還有，這裡除了我們之外沒有別人，她被我帶進隔音完善得無論如何哭叫也絕對不會有聲音外洩的廣播室卻一點戒心也沒有，即使如此我心裡的種種情愫還是不會被挑起，是個兼具隨和性情與安心感，明明可愛卻在各方面都顯得「不鮮明」的女生。

「那我接著播可以嗎？」

「嗯，麻煩妳。」

如此的我們正在為某段訪談謄稿。

謄稿是指一邊聽錄下對話的錄音帶或電子錄音筆，一邊將內容打字出來，並且加上補述讓人容易閱讀，也會修正有問題的部分，或者為了讓文章能裝進指定的容量而心不甘情不願地將內容削減的作業。

像這樣從「聽的形式」修改成「閱讀形式」的文章，會變成雜誌用來裝點版面的報導，因此在出版作業上是一道重要工程。

然後，要提到我們兩個高中生，為什麼正在做對出版社那樣重要的工作……

「因為如此，我是被找來代打上陣的安藝倫也。今天請多指教。」

「……假如你採訪得很無聊，我會中途睡著喔。畢竟，我今天才被那邊那個最會拗人的編輯小姐拱著熬夜寫完要給店鋪當特典的新篇小說。」

「不要那樣威脅我啦，詩羽學姊。我第一次做這種工作耶。」

「如果你想要順利完成採訪，今晚可不能讓我睡唷。」

「拜託別在大白天就講那種曖昧不清的話！」

「沒關係啦，TAKI小弟。因為小詩嘴硬歸嘴硬，她同樣是第一次接受採訪。心裡肯定緊張得都綁在一起喔。」

「什……」

「咦，是喔？學姊明明那麼紅的說。」

「你想嘛，她那部前作剛好是在走紅的時候完結，所以我們這邊也錯失了造勢時機。再說小詩是這種身分，總不能把採訪大任交給來往不夠久的寫手。」

「啊，對喔……女高中生輕小說作家這種跟漫畫情節一樣的人物形象要是傳出去，還滿震驚社會的。」

「所以囉，既然彼此都是第一次，我期待你們能做出像初夜般新鮮的訪談！」

「……我不會再說任何話了。」

「……想讓這次訪談成功就請妳先別講話了，町田小姐。」

「……抱歉，從這邊再跳過五分鐘。」

「咦，還要喔？」

「嗯……因為從這邊開始，學姊有一陣子真的都沒講話。」

「不要緊吧？這段訪談裡面，有能夠用在報導裡的內容嗎？」

「…………大概有。」

是的，正是因為不死川Fantastic文庫編輯部的町田苑子女士（三十多歲未婚）親自吩咐，要我接下替這位難伺候的高中女生輕小說作家進行專訪的艱鉅任務。

霞之丘詩羽。

豐之崎學園三年級。我的社團伙伴兼劇本負責人。

不過比較為外界所知的，是霞詩子這個筆名。

她在高中一年級時得到大獎，二年級時寫完出道作全五集，到了三年級又準備推出倍受期待的新系列，是個實際體現出麻雀變鳳凰式的美國夢的輕小說作家。

所以呢，隨著那位大牌作家準備推出新作，不死川Undead雜誌便決定安排特集報導，其中用來當主打的就是這項「霞詩子長篇訪談」。

訪談本身在昨天，已於不死川書店股份有限公司的第二會議室東卡西卡地結束了。

至於現在，我與加藤正在奮鬥的謄稿工作是今天內截稿……不死川書店到底多想挑戰高空走鋼索啊？把我當成某個人（澤村英梨梨）氣同人作家嗎？

那樣重要的工作會轉交到身為一介高中生的我手上，全因為我是世界上唯一一個霞詩子粉絲網站的管理員，另外，我之所以會接下如此辛苦的工作，全因為花上兩天就能賺到極為吸引人的稿酬三萬圓。

製作遊戲是需要花錢的……只有加藤肯理解這一點！

「雖然我並不太懂，不過我只是因為被你哭著拜託才勉為其難來幫忙的喔。」

「啊，抱歉，我又說溜嘴了。」

※　※　※

「那麼，關於粉絲們盼望的這部新作，儘管書名未定，設定的概要終於公布了呢。」

「……是啊。」

「首先形象圖就叫人吃了一驚，赫然發現供《戀愛節拍器》當作舞台的『那座城鎮』在這次也會登場呢！」

「……算是重複利用。」

「如此一來，倒也令人期待本作和前作的關聯性呢……」

「……或許吧。」

「比如會有直人、沙由佳和真唯登場，還是前作的配角在這次會擔綱主戲呢？」

「……這我也說不準呢。」

「等連載到後面，還可以期待讓《戀愛節拍器》在Undead雜誌上復活的聯名企畫呢！」

「…………」

「那、那個，霞老師？」

「…………」

「……小詩。」

「……請妳心情快點好起來啦，學姊。」

「我就是想睡啊，有什麼辦法。」

『我本身覺得《戀愛節拍器》已經發揮完了，所以要談到復活可能比較難想像。』

『那麼，再也見不到沙由佳或真唯了嗎？。』

『假如有讀者強烈希望，倒也難講就是了（笑）。』

『這樣啊！那麼請各位讀完這篇訪談以後，務必要在回函裡寫上「熱切希望《戀愛節拍器》復活！』的意見，就這麼說定了（笑）。」

「呃……好，大概就這樣。」

「好厲害，原來報導就是這樣寫出來的啊……」

加藤似乎既傻眼又佩服地嘆了氣，直盯著我在筆記型電腦上輕快編造出來的文稿。

「學姊本人似乎都不看自己原稿以外的東西。町田小姐曾經大嘆。」

但現在沒有時間介意區區的假文章了。

因為我這次的任務，就是要將無法放進報導的對話，寫成可以用在報導裡的文章。

……也可以說，問不出什麼內容能放進報導的我只是在幫自己擦屁股就是了。

「不過，霞之丘學姊確實給人那種感覺呢。她好像都不在意別人對自己怎麼想。」

「畢竟學姊在學校的風評都那樣了。」

明明是在課堂中打瞌睡的慣犯卻不讓出全校第一名；對任何人都同樣毒舌；只要是看不順眼的人就算對方是老師也打死不理，因此學姊其實是個受到滿多批判的人物。

儘管如此，這位孤傲的天才卻完全不放在心上，今天依然在窗邊的座位上打著小盹，然後又在各科考試中拿下高分。

她只會在意作品受到的批評……也就是粉絲對自己的書有什麼想法。

別人對霞之丘詩羽個人有什麼感覺，則完全不關她本人的事……大概。

※　※　※

「那麼霞老師，接下來想請教大家都關心的故事情節。」

「呃……男生和女生認識，談起戀愛，然後發生了許多狀況差點鬧到分手，但結果還是會湊成一對，像這樣的故事吧。」

「……原、原來如此！您是打算因襲前作，寫一篇既揪心又惆悵而且以戀愛為主的新故事，對不對！」

「啊，不過町田小姐叫我這次多寫一點可以笑可以萌的內容。」

「表示這次同樣算愛情喜劇，不過喜劇的面向會比較強囉？那樣操作是出於什麼樣的意圖？」

「誰曉得。」

「哎呀！請讓我代霞老師說一句，她的意思是這次想寫出讓休閒取向的客層也能讀得更開心的作品。」

「原來如此，這樣做的用意在於擴大讀者群囉？」

「我並沒有考慮那麼多……」

「是啊是啊，就是那樣！前作的評價雖然好，嚴肅橋段終究占了絕大多數，因此回函當中也有許多像『讀了好難過』或者『內容不快樂』之類的意見。」

「原來有這層因素啊。不過那種深度正是霞詩子作品的精髓所在，朝那種作風深入耕耘不也是一種選擇嗎？」

「對呢，要我來說也覺得那樣比較好……」

「那樣在某種意義上可是賭博喔！寫出熱銷作品的作家，在下一部作品往往會像那樣過度執著於『自己想寫的內容』。等結果一出來，銷售成績大多不如前作。」

「假如才剛產出熱銷作品，作家確實比較容易堅持本身主張呢。不過這次是刻意壓抑了那方面的慾求囉？」

「我都說自己並不打算壓抑了……」

「霞詩子接著要著手的才只是她的第二部作品，更重要的是這位作家還年輕。要練到愛寫什麼都照樣能吸引粉絲的境界，還必須多累積一點經驗。因此，先決工作就是讓目前仍人數眾多的讀者了解到她的魅力。為此才有這次的新作！」

「原來如此～～表示這次的作品對還會不斷進化的霞詩子世界來說，僅僅是個發端，卻也是大大地往前邁進的第二步囉？」

「我根本沒想過那種事，也沒說過那種話就是了……」

「當然是那樣囉！我們會盡全力製作出有趣的東西。所以衷心希望能讓許許多多的人都接觸到這部作品……欸，你能不能把訪談整理得像是小詩講過這些內容？」

「沒問題，行得通的！感覺剛才錄的這一段就能混不少頁數了！」

「這次的訪談，果然並不需要我嘛……」

「呼～～我有點累了。休息個五分鐘。」

全心投入於打字的手指難免開始累了。

隔著廣播室的玻璃窗往視聽教室猛一看，那裡已經被夕陽染得通紅。

「欸，現在幾點了，安藝？」

「呃……差不多快六點。」

「體育社團的人幾乎都走了呢。」

「嗯，對啊。」

雖然待在被隔音牆圍著的廣播室裡不太能感受到外面狀況，不過其他人在學校裡活動的動靜似乎已經變得很少了。

「所以，你覺得這項工作還要做多久才會結束？」

「這個嘛，我想做完就知道了。」

順帶一提，目前連一半都還沒做完這是只能放在我心裡的話。

「呃，所以說呢？」

「沒有妳，作業效率會低落到不行啦。」

「我做的只有照指示放錄音檔而已耶。」

「光是有妳在，我工作的幹勁就不一樣了。」

「那完全是你臨時想到的詞對不對，安藝？」

「兩個人一起忙感覺就有兩倍以上的速度，但我一個人就可能到早上還忙不完。」

「我覺得自己要是和你兩個人在這裡留到早上，即使想解釋也找不了藉口耶。」

「可是不趕完就會讓雜誌的主打企畫開天窗……這已經不是我和妳之間的問題。狀況昇華為詩羽學姊乃至於不死川書店的名譽保衛戰了！」

「……我希望至少能有時間打電話回家裡。」

「謝謝妳，加藤！稿酬進來後我會請客的！」

就這樣，在一如往常地像個倦怠期人妻一樣好拐的加藤陪伴下，我踏進更加慘烈的趕稿地獄下半場。

好啦，離截稿還有幾小時呢……唔，最近（這一集）的我老是在擔心這個耶。

※　※　※

「那麼，接下來我想將話題稍微帶離新作，將時間用來逼近作家霞詩子的真實面貌。」

「說歸說，你也不會實際逼近我呢。就像倫理同學名字裡顯示的一樣。」

「……《戀愛節拍器》是一部率真而純粹得在這年頭難得一見，且十分有魅力的戀愛小說。」

「談到小說，你明明敢用那種肉麻話坦蕩蕩地灌人迷湯，為什麼換成面對現實中的女生就退縮了呢？」

「……您是從哪裡得到靈感才創作出這樣的故事呢？」

「即使我想要找靈感，能參考的範本也只有平時嘴巴上說得厲害，重要關頭卻夾著尾巴逃走的男生呢，惱就惱在這一點。」

「……比方有哪部作品成了老師創作的原點呢？」

「我筆下的男主角之所以一直不爭氣，都是因為有個叫安藝倫也的孬孬型男生被名為『出版尺度』的倫理觀限制住的關係。」

「讓我正常採訪啦！」

「從剛才就想睡得害我思緒不靈光。我去買一下咖啡。」

「……停止播放，加藤。」

「咦，為什麼？」

「因為要跳過，這種內容不能用在報導啦。」

畢竟這一段以某種意義上來說，詩羽學姊講得興致都來了，或者因為她毒舌復發的關係，有一堆話題似乎會踩到各界的尺度。

順帶一提，後來在學姊離席的這段空檔，我和町田小姐的一連串談話，說起來也非常不方便讓別人聽見……

「唉……饒了我吧。」

「會那樣使壞，真的是小詩可愛的地方呢。」

「話是那麼說啦，町田小姐，但對我的心臟可不好。」

「不過呢，她遠比你想像的純情喔。」

「是、是喔？」

「當然囉。好比你是貨真價實的在室男，小詩也肯定是正牌的處女。」

「別說那種讓人不知道要生氣還是沮喪還是高興還是驚訝還是困惑才對的話啦！」

「基本上呢，因為戀愛經驗豐富才寫得出好的戀愛小說，這種觀念根本是幻想。無論在哪個時代，能得到人們共鳴的永遠是妄想而非實際體驗。」

「聽了會想相信，信了又好像有輸掉的感覺……」

「畢竟，那樣比較有夢想。讀者追求的世界就在那當中。」

「也就是說，會迷上戀愛小說的讀者全是處女或在室男……？」

「我不是要講那個啦。重點是妄想容易和眾人的『美好回憶』同步。相對上實際體驗就會讓人記起『不想回憶的過去』。」

「原來如此……聽了好像懂又好像不懂。」

「呃，叫妳停了啦，加藤。」

在我那麼拜託後過了大約一分鐘。

然而，從喇叭放出來的音訊還是不停，處女及在室男之類的敏感字眼一個接一個地在廣播室裡散播出來。

「啊，抱歉，我忘記把開關切掉了。呃，停止鈕是哪一個……」

「……擺明就在妳眼前吧。」

妳真的忘了嗎，加藤……？

「簡單說呢，小詩她……霞詩子會一炮而紅，是因為她是個作夢的少女。」

「我好像聽到了最不適合用來形容那個人的詞耶。」

「不知道真正的戀愛是怎麼一回事，心裡又非常憧憬。她很討厭那樣的自己，像是一個用自卑感堆砌出來的女孩子。」

「咦……？」

「因為是優等生才會累積壓力，因為頭腦好才會用妄想來排解那些。」

「…………」

「換句話說，只要剝掉小詩外表的偽裝，就會發現有超級病嬌的本質沉睡在裡面。」

「妳、妳說詩羽學姊是病……不對不對！別那樣說她啦！」

「當心喔，TAKI小弟。你對待她的方式要是出了差錯，可就嚴重了……啊，糟糕。」

「什麼糟糕？……唔哇！燙燙燙燙燙！」

「對不起，倫理同學。我把咖啡濺出來了。雖然我擺明是故意的，還是先跟你道歉。」

「學、學姊！不要用熱咖啡！至少換冰的啦！」

「哎呀，我以為自己買了冰咖啡，不過看來這接觸到我的憤怒都沸騰了呢。」

「還有我不是什麼也沒說嗎！剛才都是町田小姐在講啊！」

「沒辦法啊。主犯早就逃之夭夭，所以我只能對共犯洩憤了。」

「啊，她什麼時候逃的！」

「啊，抱歉安藝。結果這個是調音量的按鈕。」

「弄成這樣再怎麼說都是故意的吧！」

昨天，我沾得滿身咖啡時的慘叫聲，不知不覺中就被轉成大音量迴盪在廣播室裡面了。

※　※　※

『霞老師最擅長寫的類別是？果然是戀愛類嗎？』

『那是祕密，不過其實是我以往都沒有寫過的類別。』

『喔！這句發言很有『我還留著兩次變身』的味道呢（笑）。』

「欸，安藝。」

「唔～～再花點時間就完工了，妳等一下啦。」

「你不播錄音筆了嗎？訪談好像才進行到一半耶。」

在目前只響著我輕快打字聲的廣播室裡，有點像無聊得沒事可做的加藤相隔許久才又讓我聽見她的說話聲。

「嗯，剩下的算不上採訪，所以我就把錄音切掉了。那裡面已經沒其他內容啦。」

「那麼，你現在寫的是什麼報導？」

「我只是從町田小姐之前講過的意見中擷取出合用的部分罷了。」

「果然沒有霞之丘學姊也能完成耶……」

結果，在採訪過程中，詩羽學姊幾乎沒有給我任何能用的意見。

哎，儘管從她的立場也許會想反駁都是採訪者和陪同者把她晾在一邊的關係。

不過在我看來，還有町田小姐大概也是，都覺得那些一概無所謂。

「學姊只要寫出能讓我掉淚的故事就可以了。因為才能並不該用在專訪、後記或推薦文之類無關緊要的地方。」

實際上《戀愛節拍器》的後記全都是町田小姐寫的，這件事我在昨天採訪中才頭一次知道，但這種衝擊性真相絕對不能寫進報導。

雖然那個人總是在逗弄學姊，但其實她應該對學姊相當著迷吧……

「呼嗯……」

「怎樣啦？」

然而，加藤對我隨口回的那句話，反應得像是喉嚨裡梗到了小骨頭，在應聲時顯得有一點點微妙。

「安藝，你真的是打從心裡信奉霞之丘學姊耶。」

「說什麼啊，妳不是也成為信徒了嗎？」

「那個嘛，小說本身是有趣啊。讓我一個晚上哭了好幾次。」

「那妳還不是跟我一樣。」

「有一樣嗎……？」

「所以，妳到底想說什麼啦？」

於是，加藤聽完我那種尋常無奇的疑問，似乎微微偏了頭，然後擺出有點曖昧的態度。

「安藝，你在談到詩羽學姊時表情會很得意耶。」

「有、有嗎？」

「嗯，然後，你談到澤村同學時，就顯得有些難過又十分念舊。」

「不、不會啊，並沒有吧？」

「是喔……」

「加藤……？」

甚至連跟今天完全無關的某青梅竹馬，她都搬出來了。

加藤究竟想講什麼……？

「…………」

「…………」

「……我、我說啊，加藤。」

「啊，已經過九點了呢。」

「……啥？」

「你已經忙完了對不對？差不多可以準備回家了吧。」

「是、是啊，嗯，說的也對。」

……先擺出一絲絲若有所指的態度，到頭來其實並沒有想太多只是隨便講講，這一招已經算加藤的絕活了。

「現在回到家的話就十點了。總覺得我們好像真正的編輯一樣耶。」

「據說真正的編輯每天都要全力衝刺趕末班車喔。」

「求職別找出版社了～～我絕對不要～～」

「放心吧，那道門沒那麼寬。」

這種特質不知道該說是微妙或想法淺薄，總之她是個讓人安心的傢伙。

『那麼，最後請對讀者們說句話。』

『我會傾全力，為新作寫出有趣的內容。希望讓許許多多的人都能接觸到這部作品。』

『今天非常謝謝您，霞老師。』

最後，我將前面這段文字複製貼上，霞詩子長篇訪談才終於謄稿完畢。

……今天非常謝謝妳，加藤惠同學。

呃，我真的打從心裡感激。

雖然我絕對不會當面告訴她。

※　※　※

「唉，我好悽慘。」

「那是我要說的台詞喔。結果沒喝到咖啡根本沒辦法提神。」

「學姊，那妳躺到那邊的沙發不就好了。睡到町田小姐回來為止。」

「可是採訪……」

「學姊的部分幾乎都採訪完了。剩下的由我和町田小姐商量一下就行了。」

「是嗎？那我就不客氣地休息囉。」

「嗯，晚安，學姊。」

「等等，這不是讓你悠哉地道晚安的時候吧，倫理同學。」

「咦？怎樣？」

「給我……過來這邊。」

「咦……？」

「奇怪？」

我拿了教室置物櫃的行李，再回到理應有加藤等著的廣播室接她。

只能從視聽教室進去的那唯一一扇門，卻莫名其妙地上了鎖。

「加藤……？」

廣播室的玻璃窗有亮光透出來，所以她肯定留在那裡面。

我想到的可能性，只有加藤不知道為什麼從裡面把門反鎖了。

「喂，開門啦。我們走吧。」

「啊，安藝。」

我一敲門，就發現加藤似乎正如預料的還待在裡頭，而且用了平時的淡定語氣應聲。

「妳在幹嘛？」

「唔～～說到這個嘛。」

可是隔音完善的廣播室，平常並不可能那麼清楚地聽見裡面的人講話的聲音。

加藤那傢伙除了把門上鎖，居然還打開喇叭功能，將廣播室的聲音送到視聽教室。

「訪談的錄音，好像還有剩一段。這些是不是也要打字出來比較好啊？」

「不可能啦。再說我只有錄到剛才那裡為止。」

「那麼，你沒印象囉？」

「我一開始不是就那麼說了。反正妳開門啦。」

加藤回話的態度就像這樣有種不得要領的調調，同時她手邊好像還在操作廣播室的器材。

而且她那邊好像正在忙，完全感覺不到準備開門的動靜。

「可是錄音就是有剩耶……」

「我說過啦，我那支錄音筆又沒錄。」

「是喔。」

於是，在加藤嘀咕的瞬間，從視聽教室的喇叭傳來了不同於她的講話聲。

「…………」

「嗯……」

「……欸，學、學姊。」

「嗯？」

「我身上會不會有咖啡味？」

「沒關係，對我來說是故鄉的味道喔。」

「……妳出生在巴西一帶？」

「…………」

「…………」

「……欸。」

「什麼事，學姊？」

「這種姿勢，換個角度看起來就像我把臉埋在你的胯下呢。」

「一點也不像！」

「唔哇啊啊啊啊啊啊啊～～！快按掉快按掉快按掉！」

我那陣慘叫……不對，我在慘叫時猛敲玻璃窗的聲音和模樣傳到了待在廣播室的加藤那邊，音訊才總算中斷。

「……你真的沒印象？」

接著，喇叭又傳出加藤淡定的說話聲。

「沒、沒有……」

嚴格來說，我不記得有把這一段對話留下來……理應是如此。

「是喔。」

「……欸。」

「什麼事，學姊？」

「這種姿勢，換個角度看起來就像我把臉埋在你的胯下呢。」

「不要特地把錄音倒回去啦～～～～！」

「咦？為什麼？」

加藤的語氣……應該算淡定吧？

「開門！快點把門打開，加藤！趁現在還來得及！趕快投降！」

「聽了這些，可以從狀況推理出……安藝你讓霞之丘學姊枕著你的大腿，對不對？」

「哇～～！哇啊啊啊啊～～！」

此時，有一幕景象在我腦海裡復甦了。

取材結束後，町田小姐拿了東西給準備從會議室回家的我，是那個瞬間的光景……

「這是我用的電子錄音筆。你拿去當錄音失誤時的備份利用。」

一直到剛剛，我都忘了她那純粹又體貼的建議。

沒錯，那個人的錄音筆開關，連在這種絕對不能讓人聽見的場面中，都還是開著的……

「不過……我真的寫得好嗎……校園後宮劇。」

「哦，大名鼎鼎的霞詩子也會不安？」

「雖然說，我順著町田小姐的意思擬了劇情大綱，可是新的女主角每一集都會亮相，又全部都喜歡主角，而且每集都得安排洗澡場景。實在是——」

「……那樣子，八成會嚇到霞詩子的核心粉絲呢。」

「說不定會受到嚴重批評。」

「妳很在意？」

「自己的事情倒無所謂，換成自己孩子(作品)的事情就會在意了，坦白講。」

「這樣啊。」

「加藤……加藤……！嗚……嗚嗚……嗚嗚嗚嗚嗚……！」

把臉貼到連接廣播室和視聽教室的窗口上，而且還頻頻發抖的我，被加藤從房間裡淡定地望著。

「感覺這段對話好有訪談的味道耶。擷取這一段會不會比較好？」

「並不會！」

加藤的眼神……應該算淡定吧？

「不過呢。」

「嗯？」

「我好想讀看看喔……學姊寫的校園後宮喜劇。」

「是嗎？」

「畢竟大名鼎鼎的霞詩子，才不可能讓作品以單純的後宮劇形式收尾吧？」

「倫理同學……」

「後宮隨著劇情推展到後半肯定會瓦解，像大逃殺那樣讓女主角一個一個地被淘汰。」

「那是你的預測？」

「而且我想每一個女主角被淘汰的最後一幕都會被刻劃得超有吸引力，構築成一部每集都讓人看了無法不掉淚的故事。」

「呼嗯……」

「沒錯，《戀愛節拍器》在結尾前的那一幕，會橫跨好幾集來演出！那樣對霞詩子的核心粉絲而言是不是魅力無法擋呢？」

「原來，你想讀那樣的故事？」

「不這樣寫也可以啊。即使到最後都還是校園後宮劇，反正我相信只要是霞詩子的作品就會有趣。」

「如果大家也那樣覺得就好了。」

「最核心的粉絲都這麼說了，應該沒問題吧？」

「不是從以前就有信徒的意見不可靠的論調嗎？」

「沒問題，這個信徒不只聲音大而已。還會幫忙炮轟奇怪的作對分子。」

「那樣不是叫隱性行銷嗎？」

「我不會逃也不會躲，再說我從一開始就是粉絲網站的管理員，所以和隱性行銷不同吧？」

「哎，現在是不是只能那樣指望了呢……靠你囉，倫理同學。」

「雖然學姊話裡用的消去法讓人在意，不過，請交給我吧。」

「這一段內容不錯耶。我好像有點被打動。」

「…………」

理應被打動的加藤，語氣依舊淡定。

「不過，雖然我是沒關係啦，但這種互動應該會讓霞詩子老師的男粉絲大受打擊吧。」

「沒穿幫就不會受到打擊！」

「是喔……那要小心別讓這段錄音外流才可以囉。」

「擔心那些以前先小心不要播出來啦！」

話說，最近我對加藤用了太多「淡定」這個詞，感覺現在要判斷這傢伙的情緒時就變得籠統了。

妳應該沒有冒出任何情緒吧……加藤？

所以現在的妳，角色並沒有變得鮮明吧？

「學姊妳不去睡不要緊嗎？」

「嗯……這次似乎撐到極限了。」

「那麼，休息前我再問一句。」

「你想問什麼？」

「學姊對下部作品的決心。」

「決心……嗎？」

「目標寫十集？還是銷售百萬冊？作品終於改編動畫？」

「我倒不關心那種沒什麼大不了的目標。」

「……學姊是不是想講『遠大過頭』卻講錯了？妳其實已經睏得腦筋迷糊了嗎？」

「比起那些……我更希望，能再一次讓那個人讀得入迷。」

「咦……？」

「…………」

「學姊？」

「…………」

「欸？」

「……嘶……嘶……」

「……學姊晚安。」

採訪的錄音播到這裡，才徹底中斷了。

「不要緊喔。我不會告訴任何人。」

手湊在窗口，並且腿軟跪到地上的我，被加藤隔著喇叭安慰了。

「加藤……妳誤會了，這是逆向取材。詩羽學姊擅長用這種方式找創作題材……」

「嗯，我懂啊。」

「真、真的嗎……？」

「我懂我懂。我真的不會說出去。比如安藝也有溫柔的地方，是一個會用大腿讓霞之丘學姊枕著哄她入睡的窩心男生，諸如此類的話我都不會跟別人說的。」

「妳千萬別講喔！說定了喔！」

惱羞成怒的我一邊強調，一邊在絕望深淵找到了些許的安心感。

太好了……其實當時我和學姊手牽手、還輕輕摸著她頭髮這一點，好像可以免於穿幫直接帶過。

※ ※ ※

日後，刊載這段霞詩子新作特集的不死川Undead雜誌順利發售，負責採訪的我也收到了編輯部寄的贈刊。

另外值得注目的，並非特集中的採訪稿……而是霞詩子新寫的短篇小說裡的一部分橋段。

『……欸。』

『怎樣？』

『這種姿勢，換個角度看起來就像我把臉埋在你的胯下呢。』

『一點也不像！』

……那個人，居然真的把體驗活用到創作上了。

不愧是作家，為了作品可以不惜任何犧牲。主要是犧牲我。

第3.3章
不退縮、
不阿諛、
不自省
女主角攻陷法
Saenai heroine no sodate-kata FD

Hunting Location——通稱取景。

在電影或電視節目的製作上，主要是指尋找戶外的攝影場地。

即使是動畫或電玩等不會實際到場攝影的作品，也會為了替背景或設定添加真實感，而進行取景以收集素材。

還有一部分案例是和自治團體相互提攜，進行大規模取景，藉著「在地動畫」提昇作品及取景地雙方的人氣，帶來相輔相成的效應，尤其在近年的製片過程中大多占有重要地位。

不過事情有其光明面，自然也就會有黑暗面。

有製作人一聽說要到女子高中取景就格外生龍活虎；唯獨總監可以帶著老婆用經費在高級旅館過夜；明明都還沒有決定舞台，卻不得不用董事長不知何時到國外取景拍來的照片編故事，種種牽扯到大人物而不便明講的悲歡軼聞一向不會少。

而這次，在矢志製作最強美少女遊戲的某社團中，也有一場製作人兼總監和招牌原畫家圍繞著取景的戰鬥正準備揭幕。

※　※　※

狂熱的夏COMI結束後過了幾天。

燥熱的暑假已經來到尾聲，不過八月下旬自然還是很熱。

「…………」

「……怎樣？」

在我家玄關前面，距離集合時間晚了十分鐘才碰面的兩個人，都用微妙無比的表情相互望著彼此。

「妳……真的打算穿那樣出門？」

其中一個人是我，安藝倫也。

小學時期是「小倫」；國中時期則是「那個宅男」；如今，在就讀豐之崎學園的時期又變成了「倫也」，稱呼方式在特定的某人口中有這麼一段演變史的高中二年級學生。

「難不成你有意見？」

然後，另一個正是那特定的某人，澤村．史賓瑟．英梨梨。

小學時期對多達十七種的綽號都會做出可愛的反應；國中時期無論怎麼叫都堅決不理；到了就讀豐之崎學園的時期才終於會對「英梨梨」三個字起反應，學歷和我完全一樣的高中二年級學生。

「呃，這不是有沒有意見的問題……妳打算去哪裡啊？」

「指定今天要去遊樂園的不是你嗎？現在還問這個幹嘛。」

「話雖如此，妳也打扮得太過頭了吧……我們要去的不是夢與希望外加著作權的國度，而是搭個電車馬上到的『豐樂園』遊樂園耶。」

而我們現在的話題，就是英梨梨外出的打扮。

令人聯想到夏天，感覺十分昂貴的天藍色派對禮服。

上半身是露肩的貼身小可愛，下半身是滾著大片荷葉邊的迷你裙。

還有白色及膝襪當萌點。

和她平時的金髮雙馬尾髮型搭配在一起，難道只有我覺得那套打扮跟社會的脫節程度，簡直像是哪家豪門貴族要舉行派對，或者秋葉原開的高中妹舒療館嗎？

「有什麼辦法嘛！我說今天要去遊樂園以後，家裡的助理就讓我穿成這樣了！」

「衣服總可以自己選吧。」

話說她居然有專屬的助理……澤村家依然有夠布爾喬亞的耶。

「誰叫我平時在假日又不會出門。今天其實也應該留在家裡畫原稿的，都是倫也你硬要拉我出來……」

哎，說起來也算比平時的運動服加眼鏡和蓬頭亂髮像樣啦……不過，這傢伙在穿著方面上，該不會沒有「簡便的外出服」這種概念吧？

「等等，我記得我有講過吧——『取景這種事我一個人去就行了，包在我身上。』」

「你的品味怎麼可能讓人放心嘛。不用自己的眼睛和鉛筆實際確認，我才信不過。」

「我倒是作夢也沒想到會被穿成那樣的人嫌品味……總之，在這裡爭論也沒用。今天要忙的事很多所以趕快出門吧。」

哎，差不多該把服裝的事情放到一邊了，都還沒交代關於今天外出的藉口……我是指說明。

高中男女生兩人結伴去遊樂園，感覺是滿容易對各方面造成誤解的行動，不……不過這可不是約會喔！

傲嬌詞就講到這裡，如剛才提到的，今天的目的在於取景。

我和英梨梨，還有人不在這裡的同班同學加藤惠，以及大一個學年的霞之丘詩羽學姊……這四個人在我組成的社團「blessing software」，是聯手立誓要一起製作最強美少女遊戲的同志（註：此為社團代表的個人感想）。

我們這一群的遊戲製作工程，在暑假期間同樣進行順利，詩羽學姊操刀的劇本已經完成將近一半，英梨梨操刀的人設也幾乎進入收尾階段。

此外在這段期間，為了不干擾忙著工作的大家，加藤也順利地消去了本身的存在感。

哎，經過東忙西忙，在上次會議中談到差不多該著手準備遊戲正篇要用的素材時，詩羽學姊嘀咕了一句。

「差不多需要背景素材了呢」……她如此表示。

因此在今天，終於到了總監兼製作人出馬的時候，對我來說有像這樣拿著數位相機到處拍攝背景照片的超重要任務在等著。

然後，「順便也負責背景ＣＧ」的英梨梨就說要一起到現場。

而且，她是在會議開完，等另外兩個人都回家以後才提出的……

※　※　※

「喔～～總覺得好懷念耶，豐樂園遊樂園。」

「好熱……」

就這樣，走路加電車車程還不到二十分鐘。

不同於某座火紅的主題樂園，附近這間即使在售票亭也幾乎不需要排隊的小小遊樂園，裡頭環境也和預期的一樣清閒。

眼裡所見的雲霄飛車及旋轉木馬等設施，排隊人群都只要稍等一下就能立刻輪到，感覺要在一天內玩遍所有設施也是可行的。

多虧這萬里無雲的晴朗天氣，似乎只有游泳池人聲鼎沸，儘管離我們這裡仍有段距離，水花及小孩歡笑的聲音依然傳了過來。

不過呢，這種恰如其分的人潮，對我們今天的目的來說倒是方便。

「好啦，那我們立刻上工吧！首先……」

我立刻從包包拿出數位相機，一步踏進園內……

「先到冷氣夠涼的咖啡廳休息。」

「……我們才剛到的耶。」

接著，工作就忽然觸礁了。

「呼～～這杯檸檬紅茶真好喝。裡面用了不錯的人工香料呢。」

「妳誇的是香料喔……」

進入遊樂園以後過了五分鐘。

我們倆來到同樣才剛開始營業，因此顧客零零星星的咖啡廳裡，一面享受冒牌檸檬紅茶，一面度過優雅的時光。

在早上十點半這種連下午茶都稱不上的時段。

而且，點的還不只飲料……

「一號號碼牌的客人久等了，您點的鮮魚堡和炸薯條好了。」

「啊，來了來了，倫也，去幫我拿Fish & Chips。」

「妳這英國人為什麼可以當得那麼假啊？」

而且什麼事都沒做就想先用餐。

「欸，倫也，總覺得我們從剛才就被周圍的人盯著看耶。」

「大概被當成表演節目的一部分了吧，主要是妳。」

貌似還沒有發現自己打扮得有多奇特的這位同學嘴裡說歸說，對於周遭的視線倒沒有顯得多在意，只顧著對加足了塔塔醬的炸白肉魚咂嘴。

這傢伙明明從小就被當成有錢人家的千金小姐養育，但是對這種垃圾食物卻一點抵抗力都沒有。

哎，因為她有一半是英國人，所以味覺（以下略）。

「話說回來，天氣這麼熱，我已經一步都不想從這裡移動了呢。」

「所以妳到底是來幹嘛的啦？」

容我一再重複，我們在園內還走不到十分鐘。

所以我才討厭把身為虛弱繭居族代名詞的同人作家帶出來走動。

雖然我對所有把信念燃燒於創作上的作家都懷有敬意，但我也希望他們可以先鍛鍊一下身體再來畫本子。

「總之先來開作戰會議吧。這麼大熱天的，在外頭繞要是不講效率，難保不會中暑呢。」

「哎，或許是那樣沒錯。」

「那麼，今天接下來要去哪裡繞？」

「呃，妳等一下。詩羽學姊有幫忙製作指示書。」

「……要照霞之丘詩羽的命令行動？總覺得很討厭。」

「我說啊，妳到底是來幹嘛的……」

為什麼我會不慎跟這種任性妄為的傢伙恢復邦交？

「呃……首先，最要緊的重頭戲就是游泳池。」

「是、是喔……」

在詩羽學姊的指示書中，一如學姊（僅在創作方面）有條有理的作風，滿滿地列出了遊戲裡會出現的舞台。

「而且要拍的好像不是遠景，好像要實際進場才可以。」

「……要下水啊？」

「妳排斥嗎？」

「那、那個……」

而且，針對每一處個別的舞台，學姊都註明了這張背景會在哪個時段、哪種場面用上，對於負責取景的人來說相當好辦事。

沒有這些資訊就胡亂收集素材，也會碰上「想用在傍晚場景卻只有大白天的圖面」，或者「想安排遙遙仰望的角度卻只有特寫」之類的狀況而白跑一趟。

學姊無論擔任劇本寫手，或者當我這種菜鳥總監的執行顧問，真的都是十足可靠的行家。

「只有這裡想拍照也不方便，可以的話希望由妳來素描。」

「這、這樣啊……說的也是。」

而且在清單上的補充說明中，還細心地添上了「泳池裡想來會禁止攝影，所以要留意」的指示。

「沒帶泳裝的話，這裡好像也有在出租。」

「啊，那倒沒關係……我有帶。」

換句話說，能在游泳池素描，正是今天英梨梨一起跟著來的最大好處。

因此我遊說英梨梨的語氣自然也變得來勁。

「拜託妳了，英梨梨……這是為了我、為了我們的夢想。」

「你那麼想看我穿泳裝？」

「不對啦，我想要的是背景素材！」

「……你想看嗎？」

「……唔。」

英梨梨連嘴邊還留了一絲塔塔醬都沒發現，只顧盯著我。

她臉上浮現的是不安或者期待，雖然我分不清楚，但至少看起來完全不像厭惡。

那表示，英梨梨將我的熱忱解讀到其他方向了嗎？還是說……

「我、我都說不是那樣了，這是為了讓遊戲完工……為了這個劇情事件！」

於是，我將詩羽學姊列的背景清單交到英梨梨眼前。

那麼做，或許單純是在掩飾害臊。

或許，那是我為了不讓真正的心聲被英梨梨發覺才做的偽裝。

然而……

「…………這算什麼？」

「嗯？」

結果，詩羽學姊安排的陷阱實在巧妙。

背景16：遊樂園的游泳池
登場角色：附屬女主角（青梅竹馬）
背景構圖：可以的話希望從下水的角度取景
劇情內容：主角安曇誠司和附屬女主角河村．史拜達．希良梨（暫稱）來到游泳池。不過當場卻發生了青梅竹馬型女主角希良梨（暫稱）泳衣脫落的常套劇情事件。將慌忙想遮住身體的日英混血千金小姐希良梨（暫稱）和主角的互動描寫出喜感。此外，小朋友體型的女主角希良梨（暫稱）再怎麼遮也沒有肉可以將泳衣撐起來，因此穿好之後又會立刻滑掉（笑）。

「…………」

「奇、奇怪～～？」

針對每一處個別的舞台，學姊都註明了這張背景會在哪個時段、哪種場面用上，對於負責取景的人來說相當好辦事。

……我想對收到這份清單時，曾經因為條目詳盡就大讚「詩羽學姊實在太可靠了！」，而沒有好好檢查過內容的自己說一句：

「那個暗黑作家哪會這麼便宜你啊！」……

「倫也……」

「哎、哎呀～這個劇情事件真有喜感耶！對不對？」

說著，我連忙將清單收進包包，想催英梨梨先跟我離開咖啡廳……

「我不去。」

「英、英梨梨……」

「我絕對不下水……而且可以擔保一輩子都不會！」

「啊、啊哈、啊哈哈……」

結果，工作再度觸礁了。

※　※　※

「我回來了……」

「…………」

一小時後……

英梨梨用叼著吸管啜飲冰紅茶的聲音，來撫慰一臉疲憊地回到咖啡廳的我。

……同樣的杯子已經擺了三個這一點就當作沒看到好了。

「總之，我到游泳池畫了幾張素描回來。」

「……讓我看。」

「拿去。」

於是，我遞出向英梨梨借來的素描本。

英梨梨一副不高興地翻了翻素描本，然後冷眼瞟過那些畫在本子上馬虎的鉛筆線條。

「真是的，畫這種程度的草圖要花多少時間嘛……都是因為拖這麼久，我在你回來以前已經被五個男人搭訕了。」

「啊～～那真是過意不去耶～～」

我只有擺出一點嘔氣的態度，但沒有多說什麼。

之所以多花時間，又只能交出這種成果，還讓男人跑來搭訕，全都是因為英梨梨不肯跟我去工作……講這些直指癥結的話都會犯忌。

說起來，雖然受側目的程度不比攝影拍照，但我太過低估貌似御宅族的男生獨自在游泳池畔攤開素描簿時會讓旁人有的反應了。

連救生員在內有好幾道視線狠狠地扎來，在那種氣氛下根本不能安安穩穩地素描……

「這種圖根本不能用嘛。結果，還是只能靠想像來補足……你這個總監真的很沒用。」

「是是是。」

「算啦，辛苦你了。要不要也吃一點司康？」

英梨梨數落歸數落，最後還是對我釋出了一點溫情。

扯來扯去，無情地丟我一個人工作，她多少還是會覺得虧心吧。

話又說回來了……

「妳明明是英國人，提到司康卻是吃那個啊……」

「誰叫這個好吃嘛。」

「哎，也是啦……」

沒錯，英梨梨遞給我的司康，並不是圓形的英式鬆餅，而是湖○屋的同名玉米棒零嘴。

為什麼這傢伙身上的英國人氣息會假到像故意一樣啊……？

「…………」

「哦……」

「怎樣？」

「沒事，我在想妳果然是職業好手。」

「捧我也得不到便宜喔。」

「那我要吃司康。」

「你只是硬想從我這裡拗個什麼東西吧？」

我一邊抓著玉米零嘴往口裡塞，一邊探頭看著英梨梨捧在手裡的素描本。

可以看見，英梨梨正飛快地在我剛才畫的草圖上添加線條，要把那修飾成完整的素描。

於是，那幅盛夏中的泳池光景，已經看不出我原本畫的任何影子了。

……當然，這是正面評價。

豔陽，噴濺的水花，嬉鬧的情侶及小朋友們。

汗流如注地將這一幕烙進眼底的明明是我，一直在建築物裡納涼的英梨梨，反而才畫出了像是親眼目睹過的畫。

這傢伙不只會畫角色，連風景都不馬虎。

看到這種能耐，我會覺得除了當情色同人畫家以外，英梨梨還有許多路可以走。

「我問妳喔，妳將來想要怎麼辦？」

「什……」

然而，下個瞬間，鉛筆猛地一滑，將畫到中途的素描劃成兩半了。

「啊~~~~~~~！」

隨後就冒出了英梨梨的慘叫聲……哎，畢竟她幾乎快畫完了。

「將、將、將……」

「呃，問這個衝擊性有那麼大嗎？」

我之所以對那樣的英梨梨有既視感，是因為這種舉動，就是這傢伙在心慌時的常套反應。

「怎、怎樣？怎麼了倫也？你問那個是什麼意……」

「妳要上大學嗎？會考美大？還是打算趕快當商業作家？」

「唔～～那種事情我根本還沒有決定啦！廢話！」

「是、是喔，抱歉。」

雖然我覺得自己問的事情並沒有尖銳到需要氣成那樣……算了。

到現在我還是不太懂這傢伙的地雷在哪裡。

「……好啦，先不要講我，倫也你自己又打算怎麼樣？」

「咦？我嗎？」

我本來以為話題就此結束，理應壞了心情的英梨梨，似乎卻還想繼續聊這個跟她犯沖的話題。

哎，她的手依然動得超級快就是了。

「之前的升學規畫調查表，你是怎麼填的？」

「啊～～那個喔。」

這麼說來，記得在放暑假前夕，是有收到那張升學規畫調查表的樣子。

明明才二年級，我們學校對那方面也太性急了。

「你要讀文組？還是理組？我記得在三年級會讓文理組分班耶。」

哎，對我來說，太早規劃這些倒不會構成問題。

畢竟，我早就決定了。

「那個的話，我讀哪邊都可以，反正畢業後我就會找工作。」

「咦……」

結果，我斷然作出的選擇，卻莫名其妙地讓英梨梨聽得相當狼狽。

「倫也，你不升學嗎……？」

這一次她就沒有劃破素描本了，相對地手卻完全停了下來。

……我真的不懂這傢伙的要害在哪裡耶。

「哎，我也認同上大學比較能增廣見聞。」

畢竟時間會多到有找，動畫和遊戲絕不會積著無法碰，應該也可以增長對於許多類別的大量作品的見識。

「可是，我一直都看著老爸的背影長大。我想趕快像他一樣工作。我想出社會啦。」

「是、是喔……原來，你滿認真在思考啊。」

「這是當然的吧。」

我當然要認真思考啦。

因為，我知道正職職員的薪水領多少。

我知道光一個月的薪水就能買多少款遊戲……

啊，為什麼大人的收入會那麼吸引人呢？

差不多一年前，我在影音出租店打工時，就聽說了從總公司派來對我們呼來喚去的飯桶正職職員能領到多少津貼，並且重新鞏固自己想立刻出社會的決心。

然而……

「傷腦筋……」

「英梨梨？」

不知道為什麼，從十年前就認識的熟人似乎很難理解我那崇高的決心。

「你只有高中學歷，我會很困擾……」

「喂，妳的語氣好現實耶！」

「呃，那個，抱歉……你不念大學就困擾了。」

「妳為什麼會困擾？」

「咦？不對，與其說會困擾的是我，倒不如說是我家……」

「不是啦，所以為什麼史賓瑟家會困擾？」

「…………」

「英梨梨？」

「…………」

在這之後，英梨梨講的話就莫名地少了許多。

即使我陪小心地搭話，感覺她的興致也不太好，只是默默地拿著鉛筆在素描本揮灑。

所以，尷尬得待不住的我又擱下英梨梨，一個人逃去取景了。

背景21：遊樂園鬼屋

登場角色：附屬女主角（青梅竹馬）

背景構圖：鬼屋內，將園裡的主要鬼怪（番町皿屋敷、轆轤首、阿岩姑娘等）都擺進畫面右半部的那種調調。

劇情內容：主角安曇誠司這次和河村．史拜達．希良梨（暫稱）來到了鬼屋。可是這時候卻發生了誠司察覺千金型女主角希良梨（暫稱）其實最怕鬼怪的常套劇情事情。敗犬女主角希良梨（暫稱）驚嚇過度，露出了表情恍惚而且雙手比「ＹＡ」的醜態（笑）。

「…………詩羽學姊〜〜」

先不管那些，這回背景指示書絕對沒有攤開來見人。

※　※　※

「我回來了……」

「…………」

幾小時後……

今天，對於不知道返回活動基地第幾次的我，英梨梨已經連看都不看一眼，只顧著面對素描本。

話雖如此，我對那一點也已經完全沒有道理抱怨了。

畢竟，英梨梨把我拍下的景物照一張接一張的畫進素描本，光今天一天就完成了近二十張的背景草圖。

在那之後，我又「一個人」去了各種娛樂設施。

從雲霄飛車到旋轉木馬到咖啡杯到鏡子迷宮。

搭乘那些滿像專供兩人同樂的設施時，其尷尬度值得大書特書。

……說真的，我們是為了什麼才兩人一組來取景？

結果，到了下午以後我幾乎都沒有跟英梨梨講話。

「啊……」

「快要到閉園時間了呢。」

後來，我依然找不到講話的時機，園內播送的音樂換成了感覺亂落寞的曲子。

「…………」

看向時鐘，時間是下午五點四十五分。

如英梨梨所說，能待在這裡的時間，只剩十五分鐘。

「那麼，我們走吧。」

「英梨梨……」

相隔數小時，英梨梨搭理我了。

不過，那不代表有什麼部分改變或者被修復。

應該說，我根本連哪個部分出了問題都不清楚。

只是我們彼此，都懷有一種說不上來的空虛情緒。

「剩下的照片用郵件寄給我，我會在開學典禮前把圖擬好。」

英梨梨起身走向咖啡廳出口，然後走向遊樂園出口。

換句話說，取景就這樣結束了。

我也確實完成了詩羽學姊指定的所有任務。

所以，這樣就……

「抱歉，其實還剩下一個地方還沒去。」

「是喔？那我先回去了……」

「不，不好意思，只有這次要麻煩妳和我一起來。」

「咦……？」

「拜託啦……求求妳，英梨梨。」

「倫也……？」

哎，總不能讓一天就這樣結束嘛……

背景47（追加）：遊樂園摩天輪

登場角色：本日限定的第一女主角（青梅竹馬）

背景構圖：坐在摩天輪包廂，從座席面對面互望的構圖。

劇情內容：由主角（安藝倫也）決定。

※　※　※

「啊，那裡不就是妳家嗎？」

太陽落得較晚，在略偏北的西方。

唯有小山丘上的宅邸沒被高樓掩沒，映入我們眼底。

……之所以如此，全是靠我們現在的視野大幅開闊的關係。

「我家的話……就實在看不見了。」

遊樂園不停播著閉園的曲子。

結果，我們最後搭乘的是摩天輪。

「…………」

英梨梨依舊不講話，但還是跟了過來，現在則坦率地望著我指的方位。

看來上午的事情，她似乎並沒有氣到現在，也沒有記在心裡那麼久。

只不過，英梨梨依舊不來勁，散發出一種讓我難以搭話的氣氛。

看來，她似乎對自己這幾個小時的態度懷著內疚。

「那個，英梨梨。」

所以，我看準摩天輪剛好繞到頂點的時候……

「今天謝謝妳。」

我決定主動向她伸手。

因為，我認為那對我們是正確的選擇。

「我又沒做什麼需要你感謝的事。」

「沒那回事，背景的製作進度一舉向前了。都是因為有妳加緊努力……為了社團。」

畢竟，現在看英梨梨坦然道歉也亂不對勁的。

那種乖乖牌角色，她應該在小學時就不當了。

「那只是因為……我閒著也是閒著。」

不過相反的，這個強勢女的弱點在於只要我夠誠懇，她立刻就會軟化。

「就算那樣妳還是幫了大忙，謝謝妳。」

「我才沒有理由讓你感謝……畢竟，我也知道自己今天態度很不好。」

假如這時耍寶來一句「反正妳平時態度就不好嘛」，我有自信她立刻又會變兇，然後前功盡棄讓一切回到原樣。

可是今天……

「就算那樣，這是我用來表達感激的心意。」

「咦……」

我不會讓事情朝那個方向發展。

英梨梨盯著我遞出的東西。

萬一事先知道有禮物，那玩意兒肯定會讓人失望透頂。

畢竟，那是在園內自動販賣機買的，附了日期的豐樂園遊樂園紀念幣。

既沒有品味，也沒有御宅族味道，拿來當禮物未免太過半吊子，不知道這年頭誰收到會高興的玩意兒。

然而我現在能送英梨梨的，頂多只有那玩意兒。

我們隨時都會交易御宅族精品。

高價禮物對這個千金小姐根本不具任何意義。

既然如此，我想，送一項能證明我們今天曾經在這裡相處的東西才是最好的……

「假如，我們以後走上不同的路……」

「咦……？」

「即使畢業後的規畫、社團、住的地方都不一樣了，別說不能每天，甚至一個星期或一個月都見不到一次面。」

白天一個人取景的時候，我一直都在思考。

在那之後，英梨梨為什麼會安靜下來？

我想，她是不是對什麼感到不安、感到落寞？

「就算那樣，我們一定還是能相聚吧？」

結果到現在，雖然我對自己想出的結論還是沒自信。

「每一年，我們還是可以在Comiket相聚兩次吧？」

我在想，英梨梨是不是也對我們現在這種微妙恢復的邦交，多少抱有欣慰？

「無論發生什麼，我都不會脫離御宅族。而且絕對不會不去Comiket。」

正因為如此，我猜，她大概是對再過一年半就要各分東西這一點感到落寞吧。

「英梨梨妳呢？妳會脫離御宅族嗎？」

我的結論，就是那樣推敲出來的。

「妳以後，會不去Comiket嗎？」

英梨梨依然沉默地望著我。

對於我瞎猜出來的想法，她臉上留著一絲不太能釋懷的表情。

不過……

「你覺得這年頭有女生收到這種東西會高興？」

「不要緊，就算是男的我也不知道有誰會高興。」

「啊哈……」

結果，英梨梨微微地笑出聲音，並收下那枚顯得廉價的紀念幣。

我不知道她那樣是出於補償心理、體貼，或者覺得無所謂。

可是，她肯定已經不同於剛才的她了。

「哈哈，哈哈哈。」

所以，我忍不住跟著高興得笑出來。

英梨梨也還是嘻嘻笑著注視那樣的我。

接著，等她再次開口時……

「欸，倫也。」

「嗯？」

「把眼鏡拿掉。」

「咦……？」

「然後，閉上眼睛。」

「英、英梨梨……？」

她說出了，好像有點容易造成誤會的話。

「好囉，倫也……眼睛張開。」

「咦……？」

在我拿掉眼鏡、閉上眼睛的幾分鐘後……

等英梨梨下一次叫我，已經是摩天輪快要著陸的時候了。

相隔數分鐘才重見光明的我，先是讓夕陽照進眼睛。

接著在眼睛慢慢適應以後，這回看見了窗外的園內景色。

然後，才總算看清摩天輪包廂的內部。

到了最後，我看到眼前的英梨梨，還有她手上拿著的……

「好了，這就是誠司。」

在我閉上眼睛的這段期間，一直都有聽見鉛筆的揮灑聲。

所以，我知道她是在畫東西。

不過沒想到會是……

「……會不會帥過頭啦？」

「那當然囉，誰叫他是主角。」

「是那樣……嗎……？」

雖然畫在紙上的，確實是一張經過大幅美化的男生臉孔。

即使如此，五官的藍本看起來確實只像拿掉眼鏡的我。

英梨梨則說，那就是我們要製作的遊戲主角「安曇誠司」。

那麼，她的意思是……

「來，這張圖給你。」

「咦？可是……」

英梨梨隨手從素描本撕下那張型男肖像畫，然後推給我。

所以，這是剛才那枚紀念幣的回禮……？

「造型我已經烙進腦海裡了，所以我不需要那張草圖。」

「英梨梨……？」

「好了……我們下去吧，倫也。」

英梨梨為什麼要畫那張圖，又為什麼要把圖給我，雖然我到最後還是摸不著頭緒……

「也對。那我們差不多該回家了。」

就算那樣，我也已經不在乎了。

因為，英梨梨當時是笑著的。

因為，她笑得比片刻前的微微笑容更加開朗，好比雜念盡除似的神清氣爽……

※　※　※

接著，燥熱的暑假結束，不過九月初自然還是熱。

「加藤，那時妳真的幫了大忙。」

「我什麼也沒做喔。」

前往開學典禮，許久沒走的通學路上。

還有，雖然並不久違，但已經許久沒穿制服亮相的加藤惠。

國小國中時期和我完全沒有接點，就讀同一所豐之崎學園經過一年、又分到相同班級經過一個月，卻在這段期間內都沒能認識的同學。

……如今，則是反省了本身淡薄的個性，在我們的社團「blessing software」，每天磨練身為第一女主角的存在感，雖然可愛卻顯得淡定的女孩子。

「不是啦，就像加藤妳說的，送禮物超有效耶。」

「啊～～……你是說，之前和澤村同學去取景那次？」

「對對對！抱歉，在放假時忽然打電話給妳。哎呀，那時候我有點不知道該怎麼辦。」

另外對我個人而言，她「目前」是個講起話來不需要拘泥任何小節的善良朋友。

「不過，我才沒有給什麼特別的建議啦。那不是針對澤村同學的建議，應該算『是女生的話都一樣』的泛泛之論。」

「不會，就算那樣還是幫上忙了，真的謝謝妳。」

「好、好啦，唔……不客氣。」

對，就像這樣，連要怎麼和其他女生相處都可以找她商量。

因此，傍晚在遊樂園的那次也是。

「啊，所以說呢，雖然我並不是要答謝啦，妳下個星期六有空嗎，加藤？」

「啊……」

「沒有啦，這次還是要取景，妳想嘛，剩下要去的地方，是像上次六天場購物中心那樣的商店大街。」

「那個，安藝……」

「雖然這次並不需要什麼幫忙，不過要我一個人去那種地方還是會覺得抗拒，應該怎麼說好呢……」

「呃，這個話題差不多……」

「妳還是隨便逛街買東西就好了，我會採用從旁攝影的方式。」

「該打住會比較好……」

「拜託啦！這次我一定會奉陪到最後，對了，妳想不想要新的帽子？」

「啊～～……」

「加藤，怎樣啦？後面有誰……嗎？」

「啊，早安，澤村同學。」

「…………」

「……澤村同學？」

「啊，早、早安……石卷同學。」

「怎麼了嗎？感覺妳的臉紅通通的耶。而且流好多汗喔！」

「沒、沒事，沒有什麼……好久不見了……！」

「妳果然在發抖吧？而且牙齒也沒有合攏……欸，我們去保健室吧？」

「不、不必了，我真的沒什麼……真的沒有……！」

「這樣不行喔，妳別逞強。」

「…………」

「…………」

「呃，安藝……」

「加藤……」

「我有先警告過你喔。」

「哈哈，哈哈哈……」

於是，後來有足足兩個星期……

英梨梨雖然都有來參加社團活動，沒擅自請假，但是這段期間，她一句話都不肯跟我說。

第3.7章
妄想的霞詩子
Saenai heroine no sodate-kata FD

「學姊。」

「…………」

配合電車的節奏性搖動，頻頻點著的頭將重量靠上我的右肩，柔柔順順的黑髮晃過眼前，洗髮精的香味陣陣飄來。

「詩羽學姊。」

「……嗯？」

我一邊對五感體會到的種種幸福覺得不捨（呃，只有一點點就是了！），一邊對坐在我右側座位、從上車瞬間就倚著我倒頭大睡的她，講了一句大約相隔一小時的話。

「差不多快到終點了，醒醒啦。」

「唔～～……是喔，已經到新潟了？」

「電車並沒有通過國境上的漫長隧道！」

於是那個讓人想取個書名叫《文學少女與愛找麻煩的個性》的黑長髮女性，就帶著一副睡眼惺忪的模樣，講出了與這裡完全不同且帶有雪國味道的終點站名稱。

另外因為她對戲劇也很熟悉，要吐槽還有「我們並沒有用紅色毛線繫著彼此的小指殉情啦！」這一句可以選，不過這個梗來自非常古早、得要有重播才能看到的節目，覺得實在沒有人會懂的我就自己先節制了。

「是妳常來的和合市啦。好了，準備下車吧。」

「知道了……嗯。」

「等一下！不要用我的肩膀擦口水啦！」

「不要緊，沒有弄髒。完全沒有滴下來的樣子。」

「但我希望學姊收斂一下那種自然而然就會做出挑釁行為的危險思想……」

一面穿插讓人微妙地分不出是有心或無心的親密舉動，同時在最後又打了個大呵欠才從座位起來的這個危險人物，名叫霞之丘詩羽。

身兼以「霞詩子」這個筆名創下五十萬冊銷量的輕小說作家的她，今天同樣強烈散發出才剛熬夜完的氣息。

※　※　※

九月中旬，天氣晴朗的星期六。

對於為了在今年冬COMI推出最強美少女遊戲而每天奮鬥的我——「blessing software」代表

安藝倫也來說，這個週末原本應該要做三項打工籌措遊戲製作費，度過個人的勤勞感謝日。

沒錯，在早上被不死川書店的電話找去以前理應是如此……

※　※　※

「早安，ＴＡＫＩ小弟。好了，來談談你這次的任務。」

「那就是我假日一大早忽然被找來出版社後聽到的頭一句話啊……」

以年代來講彼此應該都只有看過電影版，口氣卻無論怎麼想都屬於當年電視影集版的這位是不死川書店Fantastic文庫編輯部的町田苑子女士。

至於地點，是大出版社不死川書店的第二會議室。

以前，在霞詩子專訪時也利用過的熟悉地方。

哎，原本，這並不是一介高中生宅男會熟悉的地方，不過要說的話，就當成我有同學和學姊在業界當上外掛級人物所帶來的災難……呃，所帶來的好處吧。

「其實呢，我今天排了行程要和小詩到和合市取材。」

「喔……等等，我記得七月不是也去過嗎？」（第二集第六章）

「那個時候啊，主要的目的是去跟在地人士問候還有取景。不過這次呢，算起來主要是作家大人要找靈感。」

關於作家霞詩子的新系列作品，書名和發售時期都還未定，只有舞台已經發表了會與上一部作品《戀愛節拍器》一樣在和合市。

「哦……表示說，要專程到那裡和學姊當場討論囉？明明是假日，町田小姐還真努力耶。」

「對方也是耗費生命在創作嘛，只要能回應那份心，再辛苦我也壓根兒不在乎。何況另外有正職只能在星期六日見面的作家可多了。」

「……妳要不要當面對詩羽學姊說那些？」

既怕生又毒舌，而且溝通能力其實偏低的詩羽學姊能在這個業界繼續當作家，我認為，全是靠這位挺身保護作家的編輯在背後默默付出。

「基本上，假如對方肯一起在假日工作就完全沒問題。問題是在我們幹活時大刺刺地休息的那些人。比如放連假就一直不開工的印刷廠。你都不知道我們為此得把截稿日提前多少……那些傢伙最好都從世界上消失啦！」

「不好意思再說下去對我的心理衛生不好請停下來！」

原來出版社不只是組織本身，連員工個人都黑心……

「哎，因為這樣，我和小詩講好九點在飯塚橋車站西口集合。」

「那麼，時間上已經不能在這裡悠悠哉哉了吧？」

「是啊，連移動時間算在內，再不出門可能就糟了。」

聽完我看向掛在牆壁上的時鐘，離她說的集合時間不到十五分鐘了。

「那現在不是和我在這裡閒扯的時候了吧？」

「嗯，再多說就是閒扯了。ＴＡＫＩ小弟這麼快就理解狀況，真的幫了大忙。」

「不對吧，現在又不是在談我……」

「所以囉，這就是今天的行程表、緊急聯絡電話一覽，還有錢包……裡面裝了足夠金額可以當目前的取材費，你儘管用別客氣。不過一定要開收據。買受人寫不死川書店……」

「等一下等一下等一下！」

各位能明白，聽別人聊辛酸卻在不知不覺中變成自己遭殃的恐怖與驚慌嗎？目前，我正好在第一時間為自己累積那種沒有也罷的多餘經驗……

「哎～～其實是非由我去不可的，而且我也很想去喔……所以要恨就恨昨天晚上騎機車出車禍的三島吧。」

「妳說的三島，我記得是Fantastic編輯部裡的……」

「據說大腿骨骨折要三個月才能完全康復……居然在這種忙得要命的時候出車禍，乾脆○一○算了。」

「不對啦，這時候應該慶幸並沒有生命危險……」

嗯，果然出版社的黑心作風大多是由個人帶起來的。

「更不巧的是，今天由三島負責的作家要在秋葉原開簽名會。而且，之後還排好要和我們公司的大人物到銀座吃法式料理呢。」

「唔哇，那套招待行程聽起來亂真實的，好討厭。」

「然後呢，既然三島沒辦法同行了，身為直屬上司的我總不能不代打上陣……」

「怎麼這樣……」

「所以你懂了嗎？拜託啦，ＴＡＫＩ小弟……為小詩觸發突然和她去約會的劇情事件吧？」

町田小姐就這樣提出了有如美少女遊戲中用於攻略女主角的必需選項。

她講的藉口……我是指整樁事情，實在充滿了身不由己的因素。

既然如此，應該誰都能體諒，這個人今天自然沒辦法陪在詩羽學姊旁邊。

可是……

「町田小姐……妳覺得那樣好嗎？」

「ＴＡＫＩ小弟……」

「到取景地擬出新作大綱，不是責任編輯最能展現手腕的重頭戲嗎……把那種攸關作品骨幹的重要工作交給區區一個粉絲行嗎？」

我並沒有看漏……町田小姐眼裡蘊含的忸怩情緒。

「是啊。其實我也不想將這麼好康的差事交給別人。有空拿香檳乾杯，我更想要點一杯咖啡窩好幾個小時幫角色想名字！」

還有，她那好像隨時都會滿盈湧出的真正心聲。

「不然就那樣做吧！無論有什麼狀況都以自己負責的作家為優先，那才叫真正的編輯吧！」

「對嘛！真的就像你講的那樣！不過這次簽名會原本應該是要替小詩舉辦的，因為她一點也寫不出原稿，我不得已才會下跪求三島挪調活動的場次！所以我不幫忙善後是不行的！話說你那款遊戲的劇本進度如何呢，ＴＡＫＩ小弟？」

「請交給我吧！請務必由不才安藝倫也，代替犀利的副總編町田苑子大人將事情辦到好！」

※　※　※

九月中旬，天氣晴朗的星期六。

對於為了在今年冬COMI推出最強美少女遊戲而每天奮鬥的我——「blessing software」代表安藝倫也來說，這個週末變成了投身於硬仗以解救自家遊戲企畫脫離頓挫危機的日子。

再將時間和地點推回，這裡是上午十點半的和合市——

我和學姊一面仰望陽光慢慢地變得比上週，也比昨天更加和煦的天空，一面來到熟悉的站前廣場。

「好了，總之我們到這一站來了……接下來要去哪裡呢？」

「我怎麼可能知道。」

「哇喔……」

……忽然間，詩羽學姊的情緒指數就一舉更新最低點了。

哎，要說的話，專程花了一小時以上出遠門結果卻毫無規劃，我這邊──應該說編輯部這邊確實有問題就是了。

順帶一提，町田小姐事先交給我那張名叫「行程表」的紙上面，只寫了晚上十一點以後發自和合市車站的上行列車發車時刻。

對不起，這應該是電車的行程表而不是我們的……

「基本上，會以為來作品的舞台走一趟就可能有靈感，未免想得太便宜了。」

「照町田小姐的說法，有位作家曾耍賴表示『不到當地我就想不出梗』耶……」

「那明明是我在上個月截稿前一個小時情急說出來的藉口，沒想到她會認真當一回事。」

「不，她絕對是故意當一回事的啦。」

爽快地接受作家形同藉口的無理要求，藉此堵住其退路，唯有經歷過好幾場大風大浪的編輯才懂得用那種高階戰術。

……用得太過火好像會讓作家的逃避行為從口頭上變成物理上就是了。

「可是，都主動把我約出來了，當事人不只沒到場，還完全沒有跟我知會一聲就找人頂替，不死川書店Fantastic編輯部究竟懷著什麼心呢？」

「我剛才不是說過了嗎？昨晚發生事故以後，所有人都亂成一團了啦。」

雖然我知道在說明時睡著好幾次的學姊根本沒有聽進去，但我仍必須保衛雇主的名譽。

再說對方打工費給得夠慷慨嘛……

「責任編輯對待作家的態度那麼馬虎，我看他們的書系也走到末路了。是不是差不多該放棄Fantastic，改到GAGA文庫推銷自己了呢？」

「就算玩梗也別講那種話啦！」

哎，既然學姊沒有多加一個「GA」或減少一個「GA」，就相信那是她僅存的良心吧。

（註：指實際存在的「GA文庫」和「ガガガ文庫」兩個書系）

話說回來，她今天比平時還要情緒不穩耶……

明明睡著時非常乖又可愛的。

畢竟學姊今天沒說夢話、沒磨牙、沒抖腳。

「基本上要是有怨言的話，出發前就先說嘛。在飯塚橋碰面時，學姊不是和平時一樣嗎？」

「到現在我才越想越氣啊。尤其氣町田小姐對待我的方式。」

「可是我覺得她對妳相當愛護耶，詩羽學姊。」

「問題不在那裡……不是那個部分喔。」

「要不然，學姊是指什麼？」

「那個人是覺得做這種一眼就能看穿的安排，也能輕鬆釣到我嘛……！」

嫌犯做出了這類語無倫次的供述……？

※　※　※

又過了一段時間，然而場所不變，再不久就上午十一點的和合市站前公園──

「…………」

「…………」

我們像老人會成員一樣地坐在站前的長椅仰望天空。

放著不寫原稿的作家讓她遊手好閒到這種地步，這樣行嗎？Fantastic編輯部……不對，這要問我自己。

「欸，倫理同學。」

「什麼事?詩羽學姊。」

「我肚子餓了。」

「我們什麼正事都還沒有做耶……」

結果，再也按捺不住的詩羽學姊說出來的話，並不是打從心裡對創作湧上的渴望，內容反而比較接近於原始的慾求。

「我從早上就什麼也沒有吃喔。在這種狀態下我不認為能想到什麼好點子。」

「那倒也是……要不然，我們等午餐時間再找家店光顧?」

「我等不了那麼久，你馬上去買麵包和果汁過來。那是編輯的工作吧。」

「不，那算社團學弟妹的工作吧……」

其實這好像也算編輯的工作。

「……(咬咬)」

「那麼，我們重新來思考今天的行程吧。」

「……(點頭)」

「雖然主要目的在於構思新作，但我們要是立刻窩到咖啡廳之類的地方，特地跑來和合市也沒有意義嘛。」

「……（揉揉）」

「總之，傍晚前我們先逛想得到的地方，從地點編出橋段或設定，等內容累積起來再一口氣做整理好嗎？」

「……（咕嚕咕嚕）」

「……所以，這樣可以嗎？詩羽學姊。」

「……謝謝招待。」

「話說這部分應該學姊才是專業，如果妳能幫忙引導外行編輯就好了。」

「肚子滿足就想睡了，所以我要休息。」

「妳好歹是個作家，不要只會順從本能過活啦！」

詩羽學姊完全沒有接納別人意見的跡象，在站前公園的長椅上迅速將麵包和果汁裝進肚子以後，她又跟搭電車時一樣，打了個小小的呵欠，並立刻把頭靠到我的肩膀。

那種觸感、景像和香味依舊讓人難以抗拒，不過要是讓學姊一直顧左右而言他，新作永遠也無法完成。呃，或許這就是作品到現在還沒完成的緣故吧。

「現在剛吃完東西，血液流不到腦子裡啊。我不認為在這種狀態下能想到像樣的點子。」

「可是妳就能一個接一個地想到那種難堪的藉口耶。」

唉，果然不應該拿東西餵她的……

「我們先挑一個會在作品裡出現的地方過去看看好了。學姊對候補的場景至少有個底吧？」

再慨歎也無法成事，我耐心堅強地繼續出主意。

町田小姐也說過，諄諄善誘讓作家愉快地構思，同樣是編輯的重要工作。

「候補的場景倒是多得沒辦法篩選呢。再說要全部繞一遍，光一天實在不夠吧。」

「不然，我們從劇情橋段來篩選……對了，就去主角和第一個女主角相遇的地方怎麼樣？」

「和女主角……相遇？」

「對啊，像在《戀愛節拍器》裡面，直人第一次和沙由佳相遇的書店，之後也有出現在令人印象深刻的橋段不是嗎？」

「那個嘛，確實也是。」

那一間書店，就是從站前大街過去立刻能看見的帖文堂書店和合市站前店。

主角和女主角相遇後，每一集都會在那裡交談，時而在眾目睽睽下吵架、和好……還有分手，對《戀節》的粉絲來說是一處聖地。

……另外，其實那也是某個御宅族少年和高中女作家相遇的地點。

「所以啦，先決定好那樣的關鍵性場景，接下來要構思是不是就會順暢許多？」

「原來如此，那樣的話……」

於是乎，詩羽學姊先前的想睡模樣不知道去了哪裡。

不知不覺中，她的眼神已經變成盯緊獵物的……不對，編織故事的作家了。

「我想是……水族館吧？」

「就去那裡！」

接著，當詩羽學姊終於講出一點自己的構想時，我就跟平時一樣帶勁地從長椅起身並且振臂舉拳了。

「前面就有一間小小的水族館……我是有想過，要用在第一個女主角登場的橋段裡面。」

「很好嘛很好嘛，學姊妳都有構思不是嗎！」

「只是，我還在猶豫要怎麼鋪陳，去了也可能什麼點子都想不出來。」

「我們就是為了構思才去的啊！就算萬一想不出好的鋪陳方式，肯定也會有什麼收穫！」

「也對……」

結果，學姊和獨自興高采烈的我形成對比，不知道為什麼顯得有點退縮。

她一會兒用指頭湊著臉頰作勢思索，一會兒若有深意地窺探我的臉，露出有些害羞，又莫名可愛的純真反應……

「……要去嗎？你真的肯陪我一起去？」

「當然了！我今天是學姊的責任編輯啊！」

然而，學姊在最後下了決心直直凝視我，並且點頭。

「也對，雖然一個人去那個地方會有點排斥，不過，只要倫理同學陪著的話……」

「好，我們走吧，學姊！」

於是學姊緩緩地拉了我的手，從長椅起來。

「也對，我們上路吧……去那裡，迎接我們的第一次。」

「……？」

另外，當時學姊的嘴角不知道為什麼顯得怪扭曲的，還不自然地發抖。

※　※　※

時間的腳步稍微前進，差不多快到中午，和合市車站後頭的繁華街——

「太好了，裡面空著。」

「…………」

由詩羽學姊領路下來到的「水族館」，從站前走路確實近得用不到五分鐘。

「呃，入場費是，兩小時八千圓……有點貴呢。」

「…………」

穿過入口大門以後，那裡並沒有人影，明明是星期六的白天，卻散發著某種寂寥氣息。

HOTEL AQUA

「不過，反正可以報公帳嘛，無所謂囉。倫理同學，結帳時要記得請他們開收據喔。」

「………」

看向入口旁邊的牆壁，附熱帶魚照片的面板貼了一整片，營造出南國海洋的情調。

「好了，要選哪個房間？龍魚房？霓虹脂鯉房？還是要孔雀魚房或天使魚房……」

「給我等一下～～～～～！」

呃，其實我在進來前就察覺了喔。

我看到入口招牌上寫著大大的「海洋ＨＯＴＥＬ」字樣時就察覺了！

「哪有什麼問題……我倒想聽人說明，能看到這麼多種熱帶魚齊聚一堂的地方，有哪裡不像水族館呢？」

另外照這裡的設計，好像只要按下貼著照片的面板，擺有照片上那種熱帶魚水槽的房間鑰匙就會掉出來。雖然我不清楚詳情啦！

「我說妳喔，是打算從第一集就安排這種不該出現在輕小說的高潮戲碼嗎！」

把這裡當初次相遇的地點，究竟是哪門子的外賣女主角啊……

「咦？可是在後宮愛情喜劇這個類別裡，不是隨時冒出情色橋段都不奇怪，而且登場角色不是插人就是被插嗎？」

「喝啊！喝！」

沒有啦，我的意思是此稿作廢。

※　※　※

結果，關於在那裡發生過的事就甭提了（我只是想在敘述方式上加點變化，實際上什麼都沒有發生啦！），不過在那之後，我和學姊又換了幾個地方，走遍市內各處，並且拚命討論。

比方說，下午兩點左右去的站前商店街騎樓——

「唔哇，這什麼啊？」

「這家店，從我讀小學以前就在了喔。」

「真虧店主能經營超過十年耶……這種品味奇怪的店。」

我們的腳步，停在離車站最遠、座落於商店街外圍的一間雜貨店。

略舊……不對，頗為老舊的木造房屋搭配沒合攏的玻璃窗。

店頭架上擺著的，是和紙藝品及萬花筒之類的純和風禮品。

……沒想到，店裡擺設的卻是浮世繪T恤和忍者周邊精品等經過曲解的日本文化。

…………更沒想到，店內側的櫃台前陳列的是轉蛋獎品及卡牌桌遊等御宅類精品。

「所以說，這種店誰會來啊？」

「算是偶爾會看見外國觀光客吧。哎，雖然這座城市本來就不是觀光客會來旅遊的地方。」

提到和合市這地方，人口確實還算不少，卻沒有什麼特別搶眼的觀光資源，又沒有大規模的企業，屬於相對較新的住宅區。

因此無論怎麼想，這都是一間跟城市調性南轅北轍而顯得不協調的店才對。

……不，先等一下。

反過來想，在那種地方，有這麼一間讓人感受到歷史，而且似乎也不會竄紅的店悄悄開著，或許是有一點意思。

沒錯，比如店主是推理小說迷，會跟安樂椅偵探一樣從偶爾上門的外國觀光客或御宅族顧客帶的精品中推敲出背後歷史、客人懷有的煩惱，或者揭出暗藏玄機的事件，像這樣的故事……

「……以跟風作品來說都不知道排到第幾部了。」

嗯，那完全是古……某部作品的套路。

礦藏早已經被前人開採殆盡，和校園後宮劇又大異其趣，應該說從類別就不同。

唔～～果然從這裡也沒辦法挖掘到什麼好點子……

「我想到了……你覺得像這樣如何？」

「詩羽學姊？」

於是在我感覺到自己的創意極限，正準備要嘆氣時，和我一起在店裡散步的詩羽學姊像是想到什麼似的開口嘀咕了。

她的眼中，彷彿接收到了某種靈感，綻放出強烈光彩。

這下子該不會……

「你看，這裡有以外國人為主要客層的禮品和御宅族精品對不對？」

「詩羽學姊，妳是想到什麼主意了！」

「這不就表示……這裡最適合用來當成外國阿宅女主角的登場舞台嗎？」

「外國……阿宅？」

……此時，感到振奮的我背後之所以會竄過一絲寒意，是心理作用嗎？

「以鋪陳的方式來說嘛……故事會從日英混血的阿宅女主角河村．史拜達．希良梨來到這家店開始。」

「唔啊！我就知道！」

詩羽學姊道出的故事就此揭幕……

然後才過一秒就撞上暗礁了。

「還有，敗犬型千金女主角河村．史拜達．希良梨當著主角面前出醜，就是這段劇情的可看之處……」

「很抱歉這麼快就打斷學姊，但是請捨棄那種鋪陳方式！」

「哎呀，倫理同學，編輯在這個階段就說出那種消極的意見，可是愚蠢至極的喔。集思廣益時本來就有不能用否定意見打岔的規則，你知道嗎？」

「學姊其實也知道問題不在那裡吧？還有我在製作遊戲時，也有反對過學姊設定的那個附屬女主角吧！」

「放心。上次的反省會發揮作用，這次河村・史拜達・希良梨升格成第一女主角了喔。」

「那樣根本不叫什麼外國人嘛！她從以前就住日本不是嗎！」

「哎，身為敗犬這一點依舊不變就是了……真是淒慘呢，河村・史拜達・希良梨……呵呵，呵呵呵。」

「好啦，我接受這個混血兒女主角！不過至少把角色姓名改掉吧！改掉好不好！」

鐵了心的我決定，不管怎樣最少也要將中間名去掉。

※　※　※

比方說，下午三點左右去的散步道——

「這一帶，是我國中時的上學路線喔……」

「哦～～這地方不錯耶。」

從車站往北走大約十五分鐘後，有一條差不多十公尺寬的河沿著馬路流過。

沿岸的堤防是用混凝土築起，河裡還排著消波塊，四處可見家庭排放出來的水，鯉魚似乎是刻意放流的，莫名其妙地還有烏龜在曬甲殼……

像那樣有一點自然，又有一點人工的河川旁邊，有一條同樣適度參雜著綠意及人工物的小巧散步道延伸於河畔。

「這次作品呢，我預定在第一集推出三個女主角。」

詩羽學姊走在那樣的散步道，一面望著河水流動，一面講出新作的構想。

「哦，和《戀愛節拍器》相比，步調還真快耶。」

「哎，因為那是投稿大獎的作品，我原本打算一集收尾的。」

在那部作品的第一集（精確來說，集數是從第二集才開始標註的就是了），只有出現沙由佳一個女主角。

換句話說，在一開始完稿的時間點，那本來是屬於直人和沙由佳的故事……哎，雖然說，難以預見後續發展也是霞詩子作品的醍醐味啦。

「所以，既然有這個機會，我想將這條路當成主角他們的上學路線。」

「原來那四個人會一起上學啊？」

「對呀，有主角、妹妹、轉學生，還有青梅竹馬河村．史拜達……」

「不用再提希良梨了啦～」

同樣的梗這個人想玩幾次啊？

「然後，在這條路上自然會每天上演甜蜜事件、爭風吃醋，還有情侶爭執的場面。」

「對啊對啊，果然很令人期待呢，霞詩子寫的後宮愛情喜劇。」

「不過，要是試著重新思考，有可能發生那種情況嗎？儘管主角每天都鬧出跟性騷擾沒兩樣的幸運色胚事件，結果何止沒有被美少女女主角們討厭，還依然左右逢源大受歡迎。」

「……要那樣說的話，所有後宮愛情喜劇是不是都無法成立了？」

「至少，我希望解釋主角那麼吃得開的理由……我無法接受沒任何特色又不起眼的主角大受女生歡迎。」

「不、不起眼？」

詩羽學姊提出的那個問題，不知道為什麼讓我覺得自己心裡被冰錐捅了一記。

「基本上，會在後宮狀態下讓故事推演，我覺得在論及主角多受歡迎以前，那樣做為一個人根本有問題。既然生在日本這種一夫一妻制的國家，伴侶就應該好好挑一個出來才對……倫理同學你怎麼想呢？」

「我、我製作的遊戲主角就很老實！」

「不過，他對任何人都老實，反而弄巧成拙傷害到女主角呢。我覺得那樣子到頭來也是人渣耶。」

「寫出那份劇本的是學姊妳自己吧！」

在這之後，詩羽學姊和我對主角的爭辯，就越來越流於負面……

「那、那麼學姊對外掛型的無敵主角就可以接受嗎！」

「可是這部作品並不是奇幻戰記類型喔。你要強大的主角在愛情喜劇裡跟什麼戰鬥嘛？」

「例、例如東京都啊！」

「……我覺得那還是不要比較好。」

到最後我們兩個都吵到不清楚在爭什麼，演變成單純感情用事的理論……

「基本上，我也不能接受長相普通，骨子裡又宅到可以嚇跑女生，明明一開口就讓人煩得要死卻亂受歡迎的主角……！」

「不要緊，那傢伙其實根本不受歡迎啦！」

真的，我已經不知道爭的是什麼跟什麼了……

※　※　※

另外，比方說下午六點左右去的後山台地——

「哦。」

「還不錯吧？從這裡看出去的景色……天氣好的時候，以前我就會在這裡讀書讀到太陽下山喔。」

的確還不錯。

爬上來所費的工夫，俯望的景色，還有吹過的微風都不錯。

那個地方，可以從略高的位置俯望夕陽照耀下的和合市區，以小朋友的祕密基地來說氣派十足，然而要當城鎮名勝就嫌不上不下而遭到埋沒了。

「所以，詩羽學姊。這裡預定要用在什麼樣的場面？」

「唔～～雖然我還沒有仔細想過，總之會是男女主角分手的地點吧？」

「那是幾集以後的事啊……」

這個人連故事開頭都沒想好，就已經在構思收尾時的劇情了嗎？

「難說喔。也許兩集就腰斬了。」

「照目前編輯部強推的方式來看哪有可能嘛。學姊想寫多長都可以寫啦。」

「不巧的是我不習慣讓人捧得那麼高……再說我是才出道一年的新人。」

「希望新人就該像新人一樣乖乖聽責任編輯的話，這是町田小姐的遺言……不是，她要我幫忙傳個話。」

「哎呀，剛才，從遠方好像傳來了發售日要延後一個月的聲音。」

像這樣，我怎麼說學姊就怎麼頂，討論起來跟集思廣益差了一百八十度。

特地來到作品的舞台、作家的故鄉，始終形影成雙地走訪各處，忙這些卻僅具約會……閒聊的作用而已。

沒錯，那與一年前，我們還是青澀作家及煩人粉絲的時候完全沒有變。

「呃，學姊。」

「什麼事？」

「我有想到點子……可以說嗎？」

「以往我都沒有封鎖過你的意見喔……我對你是沒有。」

「……首先可以設定這個地方，就在主角家後面。」

我努力將學姊那種「只有我聽得懂的挖苦」淡然帶過，並繼續說下去。

「然後呢，主角習慣每天晚上在睡覺前，跑來這裡看夜景。」

「他會在這裡一邊俯瞰街景一邊彈吉他？」

「……別那樣比較好。」

玩到那個地步實在太做作了，更重要的是學姊和吉他應該不太合得來。

呃，我心裡完全沒譜就是了。只是莫名覺得可以看到那樣的未來……

「我想讓主角在每一集的末章，都跟輪到戲份的女主角來這裡獨處啦。」

「……要我每一集都安排野合嗎？幫男女主角的玩法想變化會很累呢。」

「這是輕小說！內容要健全！我是注重倫理的倫理同學！」

既不是觀光景點，也不在登山路線上的這座小丘上，除了我們以外都沒有別人。

而且，對方還是一開口就會立刻扯到黃腔的暗黑學姊。

「不是那樣，目的是回顧那一集發生過的事啦。然後，主角可以在那邊跟女主角和好、插旗或者點燃新的火種。」

在那種只要走錯一步路，就會直衝高潮戲碼的狀況下，我既緊張又揪心，並且懸崖勒馬地講出夢想。

「感覺像以前演的家庭劇呢。」

「詩羽學姊會討厭嗎？以前的電視劇。」

「哪有什麼討不討厭的，我對那些又不熟。」

「妳都在說謊。」

沒錯，我知道那些是謊話。

說不定，只有我才了解。

比如學姊小時候總是一個人，把書本和電視當朋友。

她都不參加社團活動，回到家盡是在看重播的影集和時代劇。

另外，看過一次的故事內容，她直到現在都記得。

「倫理同學就只有那種無聊的事情都不會忘呢……憑你也敢糾正我。」

「因為我是信徒啊。」

一年前，作者帶著想睡的眼神，點點滴滴地吐漏出來的個人資料，狂熱粉絲到現在仍然記得牢牢的。

「這樣子，該繞的地方是不是大致上都繞過了？」

「對呢，畢竟時間也晚了。」

夕陽不知不覺中西沉，周遭被昏暗籠罩。

方才還被晚霞照耀著的和合市區，不知何時已逐漸轉變成由街燈籠罩的和合市區。

「那麼取景之旅就到此結束。接下來我們邊用餐邊擬出第一集的劇情大綱吧。」

「……這樣好嗎？」

「晚餐錢還有剩啦。哎，雖然吃不成法式料理。」

「我不是問那個……而是大綱。」

「……畢竟，那就是我今天的工作。」

結果，我還是踏進其中了……

之前我不敢窺探，深怕接觸到內容，更畏懼對結果造成影響。

「真的可以嗎？我也許會直接講到故事的結局喔？」

我踏進以往逃避過的……霞詩子故事的深層黑暗了。

「其實，我到現在還是不想聽喔。」

我十分想知道，卻又絕不願知道的東西。

那就是霞詩子的點子、劇情大綱、初稿。

「誰叫詩羽學姊組出來的骨幹非常有魅力，可是添血添肉之後就會更加有魅力。」

最棒的作者的作品，我只想接觸最棒的部分。

雖然，那就是我內心對霞詩子而非詩羽學姊唯一懷有的，最大的任性……

「那表示，你果然喜歡有肉的女生囉？所以說得好聽叫苗條，但身材根本乾巴巴的澤……女生不值錢囉？」

「我完全沒有談到那些啦！」

不過，現在我只能踏進去了。

為了完成我想像中的遊戲。

為了還人情給不死川書店的町田小姐。

還有……

※　※　※

『不過，我還是沒有自信……替霞詩子的新作負起責任。』

『的確呢，除了我和ＴＡＫＩ小弟以外應該沒有人能勝任。』

『不對啦，我就說妳太抬舉我了嘛，町田小姐。』

『我可不想聽比我賣出更多冊《戀愛節拍器》的人這麼說呢。』

『我只是個粉絲耶。』

『假如你硬要堅守在那種立場，也許有人就快發飆囉。』

『可是，對於霞詩子的作品，雖然我希望能最早讀到，卻也最不希望插手干預……』

『你明明找了她幫自己的遊戲寫劇本耶。』

『所以我也會想要驚喜啊。像《戀愛節拍器》的結尾那樣。』

『那個嘛……也算事出有因啦。』

『應該說，我不希望讓小說這邊染上自己的方便主義，我單純想沉浸在霞詩子的世界……』

『換句話說，與其自己●慰，你更想讓小詩用手幫你●出來，是這個意思囉……』

『和我講話請意識到我還未成年！』

為什麼責任編輯和作家，都喜歡把話題扯到那檔事上面啊？

這兩個人真的是絕佳搭檔耶……

※　※　※

再比如說……

半年前仍被我們當據點的，漢堡店裡能遠望站前公園的窗邊座位——

「哎呀，這麼晚了？」

「唔，真的假的？」

……時間則是晚上十點。

吃一半的漢堡冷了，咖啡冰塊融化完畢，旁邊客人都走光。

位於都會跟鄉下中間的城市，車站前的熱鬧程度已經急遽收束。

「再不回去，到家時日期就要變了呢。」

「抱歉，搭完電車我再送學姊回家。」

「沒關係啦。再說我年紀比你大。」

「可是……」

「要不然，讓我在父母發脾氣時報出你的名字和電話就好，要是接到聯絡，你能不能幫忙講些好聽的呼攏過去？」

「我會講實話，不會呼攏他們啦！我還是送學姊好了！送了還比較安全！」

主要是保障我的名聲。

「話說回來，今天真的累了呢……」

「精神上很累……」

沒錯，我們今天一整天……尤其是入夜以後，可以說比之前都更加賣力、認真而且健全。

我們沒有像平時那樣，用穿插黃腔的閒聊混時間，也沒有在詩羽學姊挑釁下變得氣氛危險。

因為，我們只是單純用作家和編輯的身分，舉行了一場超級認真的作戰會議，討論要怎麼讓霞詩子的新作有趣、好玩、夠萌、挑起期待、心懸於劇情，並成為熱賣的作品。

我們時而激辯、時而失控、時而變得無言、時而抱頭苦惱。

因為我們想到有趣的梗時會露出笑容，意見衝突時會吼來吼去，還一再用不同的觀點驗證同一篇故事，想到梗就一條接一條地寫進筆記。

「好了，那麼在最後……」

接著，詩羽學姊終於從故事的世界回歸現實，擺回愛開黃腔又厚黑的態度說……

「我重新問一次，你覺得如何？我所生長的城市……還有新作的舞台。」

她一面準備回家，一面拋來分不出是胡鬧或認真的問題。

那並非前一刻的認真眼神，也不是平時那種感覺滿心想作怪的惡作劇表情，而是霞之丘詩羽的正常臉孔。

「呃……」

所以，我一下子說不出話來。

「該怎麼說呢，唔……有一點點懷舊感……」

我在聖地巡禮中走過的景點快到二位數了。

然而，今天又去了好幾個以往沒到過的地方。

「話雖如此，我並不是想嫌這裡太鄉下啦……畢竟車站前就相當熱鬧。不過，只要稍微離開大街，感覺就滿冷清的。」

我觸及了這裡是詩羽學姊在小時候生活的地方。

所以，今天看到的景物，應該每一處都讓人印象深刻且難忘。

「啊，不過，從那座後山看到的風景應該算不錯……嗯，滿不錯的。」

「要誇獎很辛苦吧？」

「不、不會啦…………抱歉。」

可是，光聽也知道……

我只講得出這種連平凡都算不上的小學生等級的感想。

「你不用道歉啊。我也覺得你大概會有那樣的感受。」

「是、是嗎？」

「畢竟，很理所當然不是嗎？這座城市就是這麼雞肋。」

「雞肋……這裡好歹也是妳出生的故鄉吧。」

「誰叫連以前住這裡的我，都沒有能驕傲地推薦的名產或觀光景點。」

在言詞方面，作家開口就是不一樣。

「只有住家還算多，居民也不少，可是產業既不繁榮，絕大多數的人又在都心工作。充其量只是搭一班電車就能到首都圈的衛星市鎮。」

口若懸河的學姊用上豐富語彙，接二連三地道出將這座城市形容得恰到好處的語句。

「即使和以往被動畫或小說當成舞台，藉著聖地巡禮活動而繁榮起來的城市相比，這裡實在太過樸素了。」

……內容則讓人相當不方便置喙。

「呃，不死川商店正準備盛大地跟學姊說的那座城市進行聯名活動耶～」

「聯名活動那一邊肯定會賠錢喔。就算作品熱賣也一樣。」

「唔哇……」

結果，和合市在企畫開始前就被最要緊的作者挑毛病了……

照這種狀態，它要等什麼時候才會被捧成「動畫○鎮」呢？

「……哎，雖然，我正是看準那點才會選這座城市當舞台。」

不過該怎麼說呢？那些話裡，似乎充滿著屬於這個人的愛鄉情感。

「不是因為能活用自己的生活經驗……？」

「那當然也算因素之一就是了。」

該怎麼說呢？一邊用指頭轉著頭髮玩，一邊批評和合市的詩羽學姊，好像也有一半成分只是想拿這座城市尋開心。

「不過，最大的理由呢，是這座城市什麼特點也沒有。」

「那表示……？」

呃，就像學姊平時對待我一樣。

「基本上，我的作品都是毫不奇特的故事吧？」

「作者自己那樣說啊……？」

「沒有奇幻、科幻要素，也沒有發生事件跟事故。用毫不奇特的愛情故事，搭配毫不奇特的校園後宮設定。」

「後者的類別本身好像就已經毫不奇特了……」

「……正因為如此，才跟這座毫不奇特的城市相襯。」

啊，我的吐槽被忽略了。

「有個對平凡無奇的生活環境以及沒有變化的人際關係懷有不滿，卻什麼也做不到的膽小女孩子。」

然而，霞詩子不把那些許的齟齬當回事，仍不停止訴說。

「有個希望能盡量讓明天比今天更好一點，結果卻反覆過著相同的每一天，不知不覺中連那顆上進心都忘記而習慣成自然的男孩子。」

所以單純的狂熱讀者，只能任言語的洪流沖走。

「住在那樣毫不奇特的城市裡，毫不奇特的女孩子同樣會戀愛。毫不奇特的男孩子在將來同樣會改變。」

明明有可能被耍，卻甘願被耍。

「……因為，我真的就是想寫，那種普通的故事。」

像平時那樣，任由霞詩子變的戲法所擺布。

「詩羽學姊是……」

「嗯？」

「在這座城市，談了戀愛嗎？」

……光受擺布也不太痛快，所以我稍微試著反擊。

「像《戀愛節拍器》的沙由佳或真唯那樣？像這次新作的女主角們那樣？」

換成平時，我明明知道這些話是危險性十足的回力鏢，卻不能不跨出這一步。

畢竟，假如我不說那些……

「嗯，我有啊……」

「唔……」

「對方是將來會相遇的，長得帥又有數億圓年收還住在都內高級公寓的青年實業家……分手以後，兩個人的愛在我拿到每年數千萬的慰問金以前也都會持續。」

「羅曼蒂克的故事一下子變得腥羶味十足了！太沒有夢想了啦，學姊！」

看吧，要是我不那樣說，學姊的話就無法了結了。

……嗯，能了結實在是得救了。

「基本上要是有那種空閒，我寧願早點睡覺。誰叫我平常就忙著寫稿和讀書，只能睡兩個小時……」

「哇～炫耀自己沒睡覺好酷～」

「雖然也有作家喜歡用那種設定逼迫登場角色，不過那真是下下策。」

哎，說來說去……

今天別說是兩小時，根本徹夜未眠又走了一整天的路、講了一堆話的詩羽學姊。

在最後的最後，又擺回一如往常的想睡表情了。

※　※　※

「學姊。」

「…………」

頻頻點著的頭將重量靠上我的右肩，柔柔順順的黑髮晃過眼前……

「詩羽學姊。」

「……嗯？」

我對從剛才就倚著我倒頭大睡的她，講了一句大約相隔幾小時的話。

「差不多該醒醒了啦……」

「唔～～……是喔，已經到了嗎？」

「……沒有，我們還在和合市。」

「……嗯？」

然而，那裡並不是電車中，而是車站月台。

而且並不是回程目的地，而是起點站……

「呃，我們兩個好像都在等電車的途中睡著了。」

「……呼嗯。」

「然後，更糟糕的是，末班車好像已經走了。」

「……喔～～」

……時間則是凌晨十二點半。

其實，我也才剛剛睡醒。

「怎麼辦，學姊？」

「我想想，那在首班車發車以前先打發時間吧……要不要去水族館？」

第3.7章

妄想的霞詩子

「我不會去啦！」

結果在那之後，我們去二十四小時營業的家庭餐廳窩到了首班車的發車時刻。

第4.5章
非阿宅
女主角
感化法
Saenai heroine no sodate-kata FD
POWER

御宅族和非御宅族之間，有一道無法跨越的牆。

人的興趣千差萬別。但人類仍然會用自己的標準評定他人。

而且，對於和自己的標準比照過而無法理解的興趣或思考方式，也會出現歧視跟迫害。

不只被歧視的一方，那對於非得歧視人的一方也是不幸的事。

畢竟人既然活在社會當中，不與他人接觸就無法活下去。

像那樣對相互接觸的旁人抱持著消極情緒，並且予以敵視，要將人生活得幸福只會適得其反。

沒錯，人要關愛他人，並且打開心胸，然後就會受傷，感受到吹進空隙的風而心寒吧。雖然我不太清楚啦。

這是一段像那樣被分隔成御宅族和非御宅族的兩人，隔著一道牆所發生的故事。

有歧視、融合、迫害、拉攏交錯其中，藉拔河分勝負的故事。

如果無論如何都要用宅一點的方式來比喻，講成「Ａ〇力場消失」或者「美智留之牆淪陷」，受迫害的可能性就比較低。

嗯，果然作品不紅就沒有意義（歧視）。

※　※　※

十月底的週末，秋意正濃的大白天。

「欸，阿倫，我有點事情想找你商量。」

「怎樣啦，美智留？想吃肉的話我可不會分妳。」

地點則是御宅街秋葉原旁邊，開在有樂器街之稱的御茶水車站前面，一間只有吧檯的小小豬丼店。

在那種典型的男人用餐聖地，有一對感覺不識趣的男女坐在一起。

「你把我當成什麼啊？」

「只要一起吃飯，隨時都可能從我這裡搶菜的貪心食慾魔人吧。」

「欸，什麼嘛！你那樣說女生會不會太過分？」

「要抗議的話，妳先把伸到我碗裡的筷子拿開！」

「彈吉他會餓的耶！你也來練樂團就知道了！所以我開動囉～～♪」

「住～～手～～啦，把我的肉還來～～美美～～！」

……像這樣，在秋高氣爽的中午時分，將食慾之秋和藝術之秋巧妙融入對話而顯得妙語如珠

（我講的算）的其中一個人是我，秋……不對，安藝倫也。

在社會上被視為階級金字塔最底層的噁心阿宅，在歧視及迫害中，仍不停地高聲主張自身嗜好及權利的專業御宅族。

另外也有親戚把我當成「成績優秀能念少爺私立學校的都會小孩」，捧得像階級金字塔頂端的菁英高中生一樣，使我對言過其實的謠言頭痛。

「先付緩那賀（先不管那個），侯想夯楊的是哼生赫的溫咦啦（我想商量的是更深刻的問題啦）。」

「……假如妳沒有邊講邊吃從我這裡搶走的肉，那句話我就會比較相信。」

然後，從我的大碗豬丼中搶走大量肉片，正大快朵頤地說著話，以女孩子而言有點難以置評的另一個人名叫冰堂美智留。

就讀鄰縣的縣立女校，和我同年的表親。

和我幾乎差不多，以女生來說算高的個頭。

兼具彈性和柔軟度的結實肢體。

略捲的短髮外加上吊眼，有男孩味的凜然長相。

種種特質讓她在學校裡擁有傲人的超高人氣，屬於在學校的階級金字塔最高層的現充女（再次強調，這傢伙念的是女校）。

另外親戚間則把她評為「沒定性又散仙的不良少女」，和我呈對比的負面謠言……倒沒有讓美智留產生困擾，她果然就是每天活得像散仙一樣隨便的不良少女。

那樣的她，在這個月初和父母吵架，忽然跑到了我家。

於是，在同一個屋簷下度過的幾天之間，經歷過種種波折，我終於成功追求到身為表親的她……

「其實啊……我那個都沒來耶。」

「那個是哪個！妳說的那個是什麼啦！」

「簡單說，就是激情都沒有來。我想不出新曲子的形象。」

「別用意義深遠的指示代名詞來取代那種特殊字眼！我心裡明明完全沒有數，心臟都差點停了！」

……呃～在此重新做個補充，我主宰著遊戲製作社團「blessing software」，為了在冬COMI推出最強的同人美少女遊戲，日日夜夜都領著社團不停邁進。

那個社團坐擁最強的插畫家和劇本寫手，遊戲的基本內容無可挑剔且逐漸在完成，然而點綴故事及圖畫的配樂卻成了一大死穴……應該說根本沒有人負責。

此時在我面前出現的美智留，擁有吉他和作曲的真本事，在我眼裡好比命運中的對象……是的，做為一名負責配樂的人選。

換句話說，「追求」指的是請到她這位社團成員，請容我在此聲明，當中絕不可能有任何其他的意義。

「所以先告訴你喔，在明天社團開會之前，我目前仍然一首曲子都沒有做出來。」

「……妳人都來了才講這些也很困擾耶。再說明天開會主要就是想討論配樂方面喔。」

「哎～既然這樣，明天延期就好啦～不過我也是剛剛才發覺那個問題的。」

「妳說自己有深刻的煩惱是假的吧？對吧？」

「不要生氣啦。對了，你這麼緊繃肯定是肚子餓的關係。來，好溫柔好溫柔的美智留姊姊把飯飯分給你～～」

「搶了肉再還我白飯喔……話說妳不要擅自把飯添過來啦。」

「哎～～不要那麼拘謹嘛～～我們兩個最要好了不是嗎～～」

剛才我也提過，這裡是只有吧檯的豬丼店。

在全是男人的狹窄店裡，同樣點豬丼還夾來夾去分著吃的我們，在其他男客人看來應該只像超煩人的情侶吧。

證據在於，店裡頭的氣氛從剛才就差得不得了，隔壁大哥一直用手肘頂過來，讓我的側腹部好痛！

可是請大家相信我。錯不在我，這傢伙只是表親罷了。

只不過，從小互相認識的親切感，加上名為「女校」的無菌室培養出奔放性情的境遇，才讓她在言行上對我太沒有戒心。

這樣下去，我看這傢伙在將來只會被壞男人拐騙，然後得到「這小妞是上等貨喔」之類的讚賞（？），這要怎麼讓人放心啊？況且她確實是毋庸置疑的上等貨。

「所以，妳那深刻的煩惱是？」

「其實呢……最近，我和樂團的大家處得不太好。」

「妳們幾個吵架了嗎？」

「也不是那樣啦……」

來我們社團負責配樂以前，美智留就跟自己學校的同學組成了名叫「icy tail」的女生樂團並擔任主唱。

她們從大約一年前開始活動，還在上個月的校慶中獨領風騷，據說最近就快要以獨立音樂的方式出道，是一支新銳的搖滾樂團。

沒錯，直到先前都是那樣的……

「不過這陣子，我們四個人就算一起聊天，我也有種落單的感覺，或者說一下子就完全跟不上她們的話題……」

「呃～～妳說的狀況是從……」

「嗯……從她們表明自己是御宅族以後就那樣了。」

「啊～～……」

先前，在「icy tail」舉辦第一場演唱會的日子，她們的音樂性面臨了決定性轉機。

應該說，美智留發現除了她以外的所有團員，原本就屬於「我們的圈子（御宅族）」。

那天之後，「icy tail」的女生們就從「假扮出來的硬派搖滾樂團」，戲劇性地轉型為「實力派動漫歌曲樂團」……呃，先不管那算不算改變，至少招牌是換掉了。

「以前聊到的歌手話題，現在都變成了聲優的話題……」

「還、還好啦，畢竟現在聲優也會上紅白歌合戰啊。」

「而且，本來聊電視節目都是聊Countdow○TV或星期一九點檔，現在幾乎都在聊深夜動畫。」

「妳想嘛，Countdow○TV也直接請聲優上節目了啊。仔細看還會用３Ｄ動畫呢。而且星期一九點檔也有用輕小說當原作的啊。」

「還有，回家路上順便去逛的店，也從淘兒唱○行變成安○美特了……」

「那兩家店到現在也差不了多少了，我說真的。」

「就是啊，我都沒有發現……以往自己生活的地方，被御宅族文化汙染的這麼深……」

「妳用『汙染』來形容喔……」

「可是，卻只有我什麼都不知道，感覺好像在不知不覺中就趕不上時代了。」

「美智留……」

「我真的可以表現得和以往一樣嗎？我會不會被她們拋棄？」

雖然美智留現在已經正式成為動漫歌曲樂團的一分子了……

直到前幾天，無知留……不對，美智留對御宅族文化仍一無所知，如今御宅族滿地開花的狀況應該讓她相當迪卡魯洽吧。（註：「迪卡魯洽」是動畫《超時空要塞》系列中，杰特拉帝星人用來表示難以置信的感嘆詞）

樂團那些女生也不是壞人，對美智留總可以收斂一點吧。

……像我這種宅到可以嚇傻那些女生的長舌型阿宅，也沒資格講她們就是了。

「所以囉，阿倫，回到我們一開始的話題……」

「那就是妳想商量的煩惱嗎？」

「拜託……我已經撐到極限了！」

「……那我要做什麼才好？」

美智留的眼裡秋波蕩漾。

原本拿著筷子的手，現在緊緊地裹住了我的手。

接著，她終於用大一級的音量向我懇求。

「將我染上你的色彩！」

「……那樣行嗎？」

那是我一直在主張，卻始終被美智留拒絕的事。

「把我變成一聽到那些話，身體就會起反應的女人！」

「這一次，我真的可以讓妳覺醒囉？」

「嗯……教我感受喜悅。」

要把這傢伙……要把一個對於御宅族話題比加藤更生疏的現充女，浸淫成道地的御宅族而非半桶水，可說是最高難度的傳教活動。

「我知道了……我會從頭開始灌輸。」

「謝、謝謝你，阿倫。」

以往，都是我在白費熱情。

可是，我終於將美智留點通了……或許，應該說是她被周圍的環境逼著改變，即使如此美智留還是鼓起了意願。

所以，我會全心全意去回應她的期望。

「但是，妳要做好覺悟喔。之後就算哭著要我放過妳，我也絕不會罷手喔。」

我回握美智留的手，並回以熱情目光。

「沒關係……只要和阿倫在一起，我就克服得了！」

那是新一代御宅族師徒誕生的紀念性瞬間。

……照理說，我們這種互動應該是熱血男兒喜歡的橋段，旁邊那些客人怎麼會露出鬼哭神號般的驚恐模樣啊？

※　※　※

從御茶水站前只有一站路程。搭電車也嫌浪費，所以我們花了大約十分鐘走下坡道，來到我平時的主場。

美智留拜託過「想到處看吉他」，上午我們就照著她的意願在御茶水逛，下午總該輪到我關心的領域……不對，結果我們依舊是照著美智留的意願來到秋葉原。

只不過，今天和我平時逛的路線有微妙不同，是到中央出口一帶而非電器街。

「所以囉，美智留……這裡就是○橋相機秋葉原分店！」

「呃，我再怎麼不熟也會認得這裡啦……畢竟之前來過幾次。」

由於開了這家店，到電器街「逛街」的概念被推翻了，現在光是到這邊「逛店」就可以讓秋葉原的存在價值告終……罪孽深重又功績顯著，那便是淀○相機秋葉原分店。

目前，我們正站在有大量顧客人擠人的出入口。

「沒錯！連非御宅族的妳都來過幾次的地方！那就是重點！」

「你說的是什麼意思？」

「欸，美智留，妳到最近才第一次去安利○特吧？當時妳有什麼感覺？」

「嗯～～……怎麼說呢？我會有一種自己好像不應該待在那裡的感覺。」

「……具體來說呢？」

「上門的客人全是女生這一點倒無所謂啦，可是我完全聽不懂她們在講什麼。」

「呼嗯。」

我想那些人應該不至於發出「Homo～～」的叫聲，不過一揭開她們會話的內容，十之八九都會歸結到那方面。

「而且那裡賣的東西……和我平常去的書店根本不一樣，看起來都很莫名其妙。」

「……我懂，不必全部講出來。」

要說的話，○利美特當然不會擺村上○樹或深○吸減肥法之類的書。明明要買影子籃○員的話，全高中全角色的周邊都齊全的說。

「連那樣的妳，都來過這家店幾次……表示妳並不覺得那麼排斥，對吧？」

「因為所有人都會來這裡嘛。」

沒錯，所有人都會來這裡。

包括逛秋葉原的菜鳥、老鳥、腐女、親子、噁心阿宅、情侶，所有人都會來。

「可是這裡鋪的貨，種類並不輸御宅類店家吧。」

「當然啦，商品數量差太多了嘛。」

而且，這裡什麼都買得到。

手機、鋼彈模型、普通書籍、動畫光碟、甚至是成人遊戲……不過那種商品在最近似乎少了許多，讓我對將來感到憂慮，但是這且不提。

「所以囉，妳要先在這種店慢慢讓自己適應。」

「喔，原來是這樣啊。」

說明到這裡，美智留似乎才聽懂我想做的事情。

「先試著在這種複合式商店接觸御宅類商品。適應以後就去專賣店。」

御宅黃門　　作詞：安藝倫也

先到淀○和Sof○ap
再去○穴○特Game○s
莫忘Z○N與Me○on

去不去Ge〇和dara k〇隨君喜好

要從非阿宅變成御宅族，這是我所提倡的，最理想的秋葉原漫遊路線。

此外，搭配某齣時代劇的主題曲旋律也能唱得上口，希望大家試試看。

「原來如此……簡單說〇橋就是前戲囉？」

「會用那種比喻的有詩羽學姊就夠了。」

交談間口出猥褻的我們，緩緩地侵入了那狹窄的入口。

※　※　※

「走吧美智留，往這邊。」

「等我一下啦，阿倫～」

進入店內，搭電梯上了好幾層以後，總算抵達的是影音光碟的專櫃。

不同於專門店裡狹窄又人擠人的空間，寬敞樓層中充斥大量電影及電視劇集的光碟，還擺有種類豐富的宅類商品。

儘管商品經過分門別類，區塊倒沒有劃分得那麼清楚，御宅族和普通人都平均分到了充裕的空間，不會有莫名的壓迫感或疏離感。

「先看這種的如何？」

「哦～～武道館演唱會啊……好厲害，原來聲優也會在這種地方唱歌。」

「妳說什麼啊？這年頭巨蛋也好、體育館也好，日本根本沒有聲優不去獻唱的場地喔。」

為了讓美智留適應御宅族，我先拿了幾位正式展開歌手活動的人氣聲優的演唱會ＤＶＤ。

因為就我判斷，對於沒發現自己不知不覺中就聽慣動漫歌曲的美智留來說，這肯定是比較親切、門也開得寬的御宅族之路。

假如這樣子，能讓美智留對聲優的唱功及表演能力之高醒悟，轉換跑道來我們這個圈子發展音樂……

「來，妳看這邊的螢幕。」

「唔哇，爆滿耶。」

店裡裝設的螢幕上，正在播和我手裡那片ＤＶＤ不同的演唱會展示影片。

「妳看，能這麼High的演場會也不多吧？」

那段畫面中的影像，歌曲和舞台演出效果自然不用說，席捲會場整體的氣氛更是驚人。

螢光棒的顏色及揮法、群呼、跳躍。

將那些全部算進去，已經比別的偶像或搖滾樂團更加統率有方，光是那光景就值得一看。

而且歌手和觀眾很顯然都用全力享受這場演唱會，讓我們暫時忘了自己被隔在螢幕的外面。

「……………」

美智留似乎也暫時說不出話，茫然地望著那副光景。

「欸，阿倫。」

「怎樣？」

然後，她才像回神似的開口。

「關於這位聲優……不對，這位歌手。」

「很厲害吧？這一位在聲優界可是……」

「她幾歲？」

「……………………十七歲啊。」

……而且，就特地為了問這種多餘的事。

「……那歲數，再怎麼說都是假的吧？」

「我說啊，美智留，妳不覺得只用假與真來界定那個很蠢嗎？」

「也對啦，她那種聲音和服裝確實有夠年齡不詳的就是了。」

「既然妳也覺得不詳，少問幾句才符合一般常識吧！」

「可是要套用一般常識的話，照她的年齡還打扮成這樣……」

「別說了別說了別說了！聲優的使命就是替角色注入生命啦！當時所飾演的角色年齡，才是她們的年齡！」

「不過這是聲優自己開的演唱會對吧？和角色無關對吧？」

「叫妳別說了！不要向聲優的廣大粉絲找碴！」

「不是啦，我沒有要找碴啊。要說的話，在網路上公開講這些也許會造成問題，不過我現在只有跟自己人在聊嘛。」

「這、這樣喔……」

也、也對，沒讓別人聽見就無妨吧……？

這終究只是不懂御宅界常識的非御宅族基於純粹求知心及用功不足才說出的失言，並沒有暗指任何人或任何事，單純屬於閒話家常對吧？

真的可以就此帶過，對不對……？

各位都大人有大量吧？對吧……？

※　※　※

「來來來，美智留！這邊就是妳等候多時的動畫專櫃！」

「我並沒有等候就是了……為什麼要離開聲優那區？」

「呃，那裡稍微……」

嗯，還是別談論真人好了。

那樣不只會跟粉絲為敵，還可能在唱片公司面前抬不起頭。

……我並沒有向美智留多透露這類連我自己都不太懂的政治性判斷，只是若無其事地將她引導到動畫專櫃。

「來，妳對哪種作品有興趣？機器人、奇幻、愛情喜劇、搞笑、懸疑、世界系、鋼○……所有的虛構世界都在這裡喔。」

「咦？○彈不算機器人動畫嗎？」

「鋼○就是○彈啦……等妳變御宅族以後就會懂了。」

「……雖然我不太清楚，不過御宅族也滿複雜的耶。」

美智留一邊嘀咕，一邊狀似不知所措地望著擺了大量光碟的貨架。

「總覺得種類太多了，我已經不知道要看哪一部才好啦，阿倫。」

然後，她不到十秒就放棄找了。

哎，我倒不是不懂非御宅族的那種心情。

近年來，光是每週播放的電視動畫就有幾十部。

由於那些在每三個月一次的節目更換期都會下檔，以整年來算就會輕鬆超過一百部。

如果不靠朋友或網路的評價，連御宅族也很難從中找出散發著光芒的寥寥幾部作品吧。

可是……

「不要緊，包在我身上！為此才有我和樂團的伙伴們不是嗎！」

沒錯，不要緊的……現在的美智留，有道道地地的御宅族朋友。

「……呃，樂團成員不是為了介紹有趣的動畫，而是為了演奏搖滾樂才募集的耶。」

「那種小細節不重要吧！別在意別在意！」

說著，我從貨架裡隨手抽出看中的一片，遞到美智留面前。

呃，這並不是為了對種種不利於我的真實視而不見喔。

「欸，美智留，這片妳覺得如何？我個人相當推薦喔！」

「……《憂鬱樂園》？」

「一開始就搬出艱澀設定的動畫門檻會太高，所以先從傳統的愛情喜劇看起比較好吧……而且這一部在去年的作品中算品質出色的！」

「呼嗯……」

美智留目不轉睛地盯著我遞出的ＤＶＤ外包裝看。

那上面，畫著一個貌似優柔寡斷的男生被四個穿制服的女生包圍，在校園題材的動畫中屬於滿常見的構圖。

「啊，妳有興趣的話就來辦上映會吧？不要緊，我家買好全套了！」

另外，含保存用的在內當然有兩套。

而且我自然也不會吝於將另一套改成推廣用。

「呃……主角靜寂洋介是就讀私立耀銘學園的二年級學生……？」

於是，這會兒美智留把包裝翻到背面，唸起劇情提要了。

【劇情提要】

　主角靜寂洋介是就讀私立耀銘學園的二年級學生。今年春天，由於父母在到海外出差，他一邊悠然自在地獨自起居，一邊和青梅竹馬嘴宮實乃梨、同班的千金小姐本妙寺艾蕾娜、宅女學妹谷沙姬祥子等人度過愉快的校園生活。然而這時候，卻有一名自稱和他是雙胞胎的神祕少女——由良之峰手鞠找上門來，讓洋介原本和平的日常生活掀起了驚濤駭浪……

「…………」

「怎樣？開場看起來滿有趣的吧？這部後來的劇情真的是一波三折，看了都沒空喘氣喔！」

「是喔……」

對於我的說明，美智留顯得心不在焉，靜靜地望著包裝背面動也不動。

看她這麼投入……難不成……該不會是落坑了？

「序盤的劇情是在探討手鞠是不是真正的妹妹，然後洋介就從以前的照片，回想起自己妹妹在大腿根部有三顆連在一起的痣……」

「哦……」

「演到故事中盤，那件事就獲得解決了，結果其他女生又不請自來地陸續跑到洋介家……」

「……欸，阿倫。」

這時候，美智留總算抬起落在包裝上的視線，緩緩地將充滿探求心的眼睛轉向我。

照她這樣看來，果然……

「怎樣，美智留？有什麼想問的儘管……」

「我從以前就在好奇……動畫裡面，為什麼登場人物全是取一些奇奇怪怪又難唸的姓啊？」

「……咦？」

「像什麼『靜寂』啊、『由良之峰』啊、『谷沙姫』的……一般來想，這麼怪的姓氏才不可能全聚在同一個地方吧？」

「沒、沒有啦，那是為了讓角色有特色……假如跟其他作品的角色重複，會讓印象變薄吧。所以才……」

「說是那麼說，我卻覺得演的劇情還有設定和其他作品有夠雷同耶。」

「……美智留？」

……該怎麼說呢？剛以為推廣有望，結果美智留拋來的問題完全出乎我的預料。

「欸，阿倫……為什麼動畫男主角的家裡總是父母都不在，只有他一個人住？」

「那、那是因為……呃，因為那樣比較容易推動劇情……吧？」

而且，感覺上她問的內容都讓我尷尬得不知道該不該回答……這是心理作用嗎？

「為什麼男主角身邊會聚來這麼多可愛的女生？而且還全都喜歡男主角，會不會太扯了？」

「因、因為主角就是那麼有魅力啊，這樣講能不能讓妳接受呢……？」

「另外，為什麼有錢人家的大小姐反而都喜歡動手動腳又凶巴巴的，還每次都被畫成金髮混血兒角色？」

「咦！妳拿那個來問我喔？真的要問？」

「而且在最近，有好多喜歡動畫或成人遊戲的宅女型女主角耶。那果然是為了迎合顧客的需求嗎？」

「我沒辦法回答妳問的那些啦！」

「順帶一提，為什麼青梅竹馬感覺上大多只有當炮灰的分啊？」

「別說了……別再說了……！」

「還有，還有就是……先不提夠不夠格當主角，明明和女主角同居卻什麼都不做，那樣身為男人又算什麼？女生明明就在勾引他，得到的反應卻是：『咦，妳說什麼？剛才我沒聽清楚耶。』我看了就想一把掐死那種主角，阿倫你覺得呢？」

「叫妳別說了啦，美美！」

拜託，真的別說了……不要將現實生活的標準套用到虛構的故事裡面……

※　※　※

「哎呀～～今天走了好多路喔，阿倫。」

「是啊……」

等我們離開秋葉原，在離家最近的車站下電車以後，周圍已經完全染上夜色了。

「怎麼了？你從剛才話就變得好少不是嗎？累了喔？」

「我已經連一步也走不動了。」

在我們穿過往來人車眾多的國道，來到平時走的那條坡道之後，美智留的話就越來越多。

始終活蹦亂跳的耶，這傢伙。

「……像你那樣完全是平常運動得不夠喔。」

「我和妳在基礎體力上本來就差多了啦。」

還有，雖然我希望美智留可以考慮到，她用來裝過夜用具的包包是由我一肩扛起，不過既然找她來參加明天會議的人是我，就算賭一口氣我也不會提及那一點。

「這樣喔，好，那回家以後我幫你來一套好久沒有做的按摩服務！」

「……欸，我從小時候就想問了，逆蝦式固定真的可以按摩到腰嗎？」

因為如此，今天我們倆會直接回我家。

……只住一晚而已，所以這樣並不叫同居吧？

「話說回來，結果我好像還是當不了御宅族耶。」

「會嗎？」

到最後，我和美智留的秋葉原巡禮，並沒有得到任何成果。

「畢竟，你教了我那麼多，結果我還是只會問一些感覺滿外行的事情。」

「不，妳那樣聽起來也很像老門道的人在吐槽就是了。」

沒錯，美智留差那麼一點就要切入御宅族產業近來的黑暗面了……

「哎，不管怎樣，我在不感興趣時就被判出局了嘛。」

「…………」

沒錯，到最後，美智留對我點到的作品，一次都沒有顯得食指（請各位注意，在這句用語中動的可不是「觸手」喔）大動。

「我真的能做出遊戲用的配樂嗎？」

對於聲優演唱會、動畫、遊戲、漫畫……

感覺美智留並沒有故意挑毛病，或者賭氣不肯接觸，她所表現出來的，真的是目前還提不起興趣的調調，有好幾次都在短暫猶豫後又把東西放回架上。

「我這樣…………會不會讓樂團的大家傻眼呢？」

隨著那麼一句和平時略有不同的示弱話語，美智留抬起目光朝我瞟了過來。

即使是平時常常想著「假如美智留是男生就好了」的我，看了也會覺得胸口不平靜，在種種意義上都顯得微妙的一副表情。

然而……

「應該不要緊啦。」

我擺著什～麼都不在意的調調，將美智留的那種不安踢到一邊。

「總覺得，你的口氣聽起來什～麼都沒有思考……」

那種口氣和調調，當然一下子就傳達給從小就長期來往的表親了。

然而我真的什～麼都不在意，也不擔心。

「欸，美智留，妳還是保持那樣就可以了。」

「可是……」

「即使妳維持原樣，樂團那些人肯定還是超喜歡妳的啦。」

「為什麼你會那麼說？」

「畢竟我今天和妳在一起，就玩得很愉快啊。」

「咦……」

「今天的妳，完全是站在反阿宅的立場，對我帶的話題也絲毫沒興趣，就算這樣我還是玩得很愉快啊。」

嗯，真的很愉快。

我的熱情宅力一再被否定、被吐槽、被踐踏……

不過那些都還可以用一句「對方是美智留所以沒辦法嘛」痛痛快快地帶過。

……這也許跟「反正對方是加藤啊」有一點相通的部分。

「到頭來，妳把順序想顛倒了。」

「顛倒是什麼意思？」

「欣賞對方的話，那麼宅或不宅都無所謂吧。」

我說的，是內容普通過了頭，感覺實在太老套，連講出口都會難為情的大道理。

「就算彼此的興趣或嗜好不同，還是可以努力試著互相理解，互相體貼，假如辦不到就只好道個歉，最後大家都不計前嫌。那樣子也夠開心了吧？」

不過，結果我只能搬出那一套。

「好比妳今天跟我的互動一樣。」

「阿倫……」

而且，美智留早就懂那些道理了。

既然如此，她還需要追求什麼？

「根本來說，妳又是怎麼想的？那幾個女生沒辦法像以前一樣陪妳聊現充話題，就沒有用處了嗎？妳要找別人組其他的樂團嗎？」

「誰會啊！我哪有可能那樣！」

「好吧，那她們幾個呢？妳覺得她們事到如今會拋棄妳，再組一個御宅族社團嗎？」

「……………」

「我本身是個阿宅，也會希望自己喜歡的人可以當阿宅……可是就算對方當不成阿宅，我也不會因而討厭對方啊。」

人會喜歡上別人，不只是因為對方的興趣或想法跟自己合得來。

有時候是因為第一印象，或者認識時的情況，也可能出於小小的偶然。

……比方說，碰巧在落櫻繽紛的坡道上，幫忙撿了頂帽子，就這麼簡單而已。

「妳也是一樣吧？美智留。」

剩下的，只要懂得珍惜自己當時那份「喜歡」的心意就可以了。

彼此聊喜歡的事情，萬一聊了覺得合不來，也不要否定對方，努力一起同樂就可以了。

「阿倫，我總覺得你剛才說那些，好有型男的感覺耶。」

「……我可以把妳的話當成最大級的侮辱嗎？」

「啊哈哈，在你聽來或許是那樣。」

果然到現在，美智留對於我所說的話，還是會虧個幾句。

不過，我倒不打算咬著她的毛病不放。

畢竟我現在好像散發出「型男的感覺」。

真正的型男無論面對誰、有什麼樣的嗜好，都能和人互相協調。

顧到的不光是表面，還能打從心裡尊重、體貼對方。

哪怕被批評成八面玲瓏，型男也不會動搖。

聽說就是有那樣的好傢伙，連男人都會迷上。

……我講的絕不是自己就是了。

「哎，算啦……」

美智留站在坡道上，忽然朝我回頭。

她的表情，與剛才那種稍有自虐味道的臉不一樣了。

「阿倫，你會那樣對我說，意思就是你肯理解我，也不會拋棄目前的我囉？」

「啊～～或許啦。」

和她平時有點像，帶了一點挑釁，以及使壞的調調……

「所以說，阿倫……你最喜歡我了對不對？」

「廢廢廢廢廢話，因為我們是表親啊！還有妳不要擅自加上『最』啦！」

從那副表情說出來的話語，果然為我帶來了和表情一樣的衝擊。

「哎～～好害臊喔～～啊哈哈，啊哈哈哈哈！」

於是，美智留看見我狼狽的模樣，就露出了短瞬的心滿意足似的笑臉，直接衝上坡道。

我當然追不上她那雙到現在還跑得動的健腿，只好望著那道蹦蹦跳跳的背影，發出帶有苦笑味道的嘆息。

在那裡的，是親戚中和我年紀最相近，又愛欺負人的女生。

連要光顧只有吧檯的豬丼店都能自在成行，相處起來用不著費心的女性朋友。

而且……

當晚，美智留跑來我房間，一夜沒睡。

一夜沒睡地……轉眼間就做出了三首遊戲要用的新曲。

※　※　※

隔天，星期日。

和昨天一樣，秋意正濃、令人神清氣爽的大白天。

社團「blessing software」在我房裡舉辦了會議，做為當初課題的劇情配樂，按照預定交出來了，而且品質無可挑剔，因此會議進行得比平時更加順暢，比預定早了一個小時結束。

「欸，聽我說一下……妳是叫澤村對吧？」

「…………」

「同學，妳叫澤村英梨梨，對不對？」

「…………」

「喂，家裡有錢又愛動手動腳的御宅族大小姐兼炮灰級青梅竹馬，感覺像把艾蕾娜和祥子和實乃梨加起來除以三的那個人。」

「妳不要用動畫女主角來形容別人！還亂取平均值！」

「什麼嘛～～還不是因為我叫了這麼多遍，妳都不應聲。」

「冰堂同學，基本上妳之前不是大肆炫耀過自己和倫也是老交情？那至少把炮灰的地位拿去啦！」

「……妳不只比想像中更缺乏餘裕，還心胸狹窄呢。」

「好啦，妳想幹嘛？我還有工作要忙耶。」

「沒有啦，我想問關於那兩個人的事……」

「哪兩個人？」

「呃，妳看那邊嘛……阿倫，還有那個叫加藤的女生。」

「……然後呢？」

「那兩個人，是什麼關係啊？」

「……妳不會自己看完做判斷嗎？」

「不是啦，我從剛才就想自己理出頭緒啊。」

「好，那接下來換第六話。」

「那個，安藝。」

「劇情從這裡就要急轉直下了。也許可以判斷手鞠到底是不是真正妹妹的可能性在劇情中被演出來的機率終於大幅提昇……」

「不是啦，我說安藝。」

「怎樣啦，加藤？我現在忙著推廣，有事長話短說。」

「呃，我也忙著被推廣所以簡短說重點就好，我今天跟爸媽說過會乖乖回家才來的耶。」

「能不能回家，得看妳的努力了……」

「我都沒有聽到該怎麼努力的說明就被逼著將動畫看到第五話了，接下來要怎麼辦呢？」

「還問要怎麼辦？加藤！都將《憂鬱樂園》看到這裡了，難道妳什麼感覺都沒有？」

「啊，呃～～我是覺得這算最近滿常見的後宮系動畫啦。」

「混帳！妳什麼都不懂……妳根本什麼都不懂！」

「啊～～對呀，那一點我想我比任何人都有自覺。」

「聽好了，這部作品的第一女主角手鞠，是妹系角色吧。而且還是跟主角出生有關的超重要角色。」

「嗯，那個我懂啦。」

「換句話說，加藤……那跟我們做的這款遊戲裡的第一女主角，也就是在前世同屬妹系角色的丙瑠璃有極深的設定關聯性啦！」

「是喔，原來瑠璃的設定是從這裡抄的啊？」

「不對！那只是參考！但是手鞠在這部作品裡的心境，絕對可以運用到我們的遊戲製作過程上！所以加藤，妳非得接觸這部作品的本質！」

「我非得接觸喔……」

「所以囉，想回家妳就得好好體會手鞠的心情再走。在達成以前，我會讓妳將正篇、有聲書CD、OVA、改編漫畫通通吸收完畢！」

「咦～」

「……………」

「……………」

「為什麼她都不會排斥？她和我一樣屬於非阿宅吧？」

「那妳去問她本人啊。」

「還有，為什麼阿倫只會逼那個女生當御宅族？宅不宅不是都無所謂嗎？」

「唔，我從一開始就宅了所以不知道啦！」

「總覺得，那兩個人很奇怪不是嗎？該怎麼說呢……」

「……妳是因為『最放鬆的交往關係』快要被搶走才會焦慮吧？冰堂。」

「咦……？」

「不過，那是妳旁邊的澤村在幾年前就走過的路……交情最久的青梅竹馬地位被妳搶走；愛徒地位被波島出海搶走；然後，尊敬的創作者地位則是被我搶走，找不到自己的存在價值，因而凋零沉淪的金髮雙馬尾墮天使……唉，悽慘總該有限度呢，呵呵，呵呵呵！」

「妳不要因為一直被排擠就自己跑來插嘴啦，霞之丘詩羽。」

第5.3章
不起眼
半年間
總結法
Saenai heroine no sodate-kata FD
Fiancy Wave Vol.6

總集篇……

要是用動畫來比喻，那是製作進度出狀況時，本篇來不及在下次預定播送日完成的情況下，才用短期間將過去的影像剪輯出來墊檔的作品。

由於作品原先預定的話數被砍掉了一話的分量，故事構成將變得七零八落，還會讓苦苦等候下一集的粉絲們失望而帶來莫大害處，不過對於錯過了前面的故事，或者沒有完全理解而跟不上劇情的人來說，倒也不是沒有拓寬收視群的益處。

不過再怎麼說，要是一部作品裡穿插好幾次總集篇；故事進展到後半以後，穿插總集篇的間隔越變越短；或者明明是一季就能播完的短短作品卻穿插了總集篇，難免就會讓人懷疑製作現場是不是出了什麼狀況，所以要盡可能避免才算明智吧。如果避得掉的話啦。

……哎，因為如此，若是各位能一邊臆測這次短篇背後的各種內情，一邊適度地放鬆力氣來享受劇情，那便是我的榮幸。

※　※　※

校慶結束，在背地裡舉行的「地下校慶」也已告終的晚秋。

離寒假還有冬COMI，都剩不到一個月的某個週末……

「呃，企畫／製作，安藝倫也……」

接連從上上週末、上週末都貫徹始終，本週末也熱烈趕工★La★Bamba中的我，是同人遊戲社團「blessing software」的代表兼製作人兼程式編輯安藝倫也，在早就過了週六深夜三點的當下仍沒有休息，正揉著眼睛在自己房間桌上攤開筆記型電腦，不停地敲著鍵盤。

「要把總監的頭銜也加進去嗎？不對，那個放到最後會不會比較好？」

另外，從頭銜也可以知道，我花下那麼多時間聚精會神一直在忙的，就是製作同人遊戲。

預定參加今年年末冬COMI的我們，從春天起花了半年時間，持續製作著要在活動上發表的處女作（這並不是指登場女主角們的設定）。

而且，在素材檔案幾乎完成九成以上的現在，我們的奮戰終於進入最終階段了。

將遊戲組裝出來，運行程式，找出毛病，修正，然後再運行……

對於軟體程式來說，如此一步一腳印，而又最為重要的除錯作業，從週五夜晚就一直持續至今。

「……等一下。根本來說，直接將本名打在工作人員名單上好嗎？」

話雖如此，盡是顧著除錯只會讓效率低落，因此我同時還利用空閒在忙另一項工作……

「哎呀，倫理同學，那是結尾的工作人員名單？」

「啊，詩羽學姊……」

於是，有個女性一面望向我工作的筆記型電腦，一面將手臂擱到桌上，身體也湊了過來。

各位什麼時候有了我是獨自在工作的錯覺……不對，會那樣認為的話是我敘述得不夠清楚，對不起。

「總覺得，像這樣一看，會深深感慨作品就快完成了呢。」

「實在沒有時間製作影片，所以我頂多只能用程式將名單秀出來就是了。」

「啊，對不起，我妨礙到你工作了。別在意這邊，你繼續忙。」

「好、好的……」

接著，那個女性就在我旁邊拖著腮幫子，默默地望向我這裡。

瞬時間，烏黑長髮輕靈飄過，溫柔地撫弄了我的臉。

如此這般，在過了深夜三點的我的房間裡，表現得跟平常一樣……其實不只，身上氣息要比平時更加甜蜜的這個女性，名叫霞之丘詩羽。

她是比我大一年的學姊，是個優等生，烏黑長髮亮麗有光澤，還是個大美女，原本和我這個迷戀二次元的阿宅理應毫無接點……

「呃，接、接著是……劇本：霞詩子……好。」

然而既毒舌又挺懶惰，在我面前總是一副想睡的樣子，顯得毫無戒心的這一位，卻是我們社團的劇本負責人，還擁有人氣輕小說作家「霞詩子」的別名。

「倫理同學，你打錯囉。」

「咦，難道學姊也想用本名下海？」

「不對。我們不是約好了嗎，只有這部作品要用合作的筆名……來。」

「咦？啊……」

於是，具備各種外掛級設定的詩羽學姊，挪開了我放在鍵盤上的手，然後用右手食指一個鍵一個鍵地慢慢在畫面上打出文字。

『TAKI　UTAKO』

「……看清楚沒？」

「學姊……」

那是將我在網路上用的網名「ＴＡＫＩ」，和師語學姊當作家所用的筆名「霞詩子」組合起來的合作筆名……

是的，這部作品的劇本，其實一開始是由詩羽學姊獨挑大樑，不過中途又發生種種狀況外加我的強烈主張，最後就有一部分的內容由我來寫了。

第一次寫劇本就挑戰與職業作家合作，未免太有勇無謀，然而在詩羽學姊嚴中有愛的指導之下，我也覺得自己好歹、設法、勉強算寫出了有模有樣的東西。

不過，在我和詩羽學姊來到聯手寫劇本這一步之前……

不，基本上，從我們相識一直到協力製作遊戲，已經發生過光用這半年也裝不下，而且時間長達一年半的種種波折了……

※　※　※

最初相識……應該說，我們一開始發現彼此屬於近似的人種，是在去年初夏。

我瘋狂迷上詩羽學姊……霞詩子的處女作（容我一再強調，這不是指作家的現況……雖然我也不清楚啦！）《戀愛節拍器》，就在自己的部落格展開隱性行銷……不對，我完全是出於自己的興趣才大力推廣，並且不惜拋下一切參加後來為慶祝熱銷所舉辦的簽名會。呃，我也沒什麼東西能割捨就是了。

當時我頭一次見到霞詩子老師，才知道她比想像中更年輕，還是個漂亮得足以讓人看到愣住的黑髮美女，而且我發現……

她就是在我讀的豐之崎學園裡，也赫赫有名的三年級才女兼毒舌家，霞之丘詩羽。

那樣的詩羽學姊……霞詩子，也知道在學校裡屬於最下層的御宅族的我，而且她的責任編輯町田小姐，也認得在網路上經營霞詩子粉絲網站的我。

因為有那層因素，之後我們都會討論霞詩子的作品，建立了以作家和粉絲來說有點太過親近的關係。

像那樣，對我來說幸福無比，對詩羽學姊則不知道是什麼感覺的時光持續了一陣子……

相識半年後，也就是距離一年前的冬天，我們之間發生了內容或許像芝麻小事，但卻影響深刻的歧見。

適逢《戀愛節拍器》完結，學姊想讓我看出版前的最後一集原稿並徵求意見。

那麼做，是純粹為了讓作品更好才打算交換意見？還是單純有意對最親近的粉絲偏心？或者另外有其他的用意？這一點我現在依然不明白。

可是，受不起學姊垂愛的我，竟然拒絕了。

我比誰都想看下一集，如果是最後一集自然更由衷期待，但是我卻捨棄了頭一個接觸自己心中盼望的原稿的大好機會。

因為當時我要是讀了，或許就會讓內容有所改變。

因為我不想讓我這種阿宅的任性，玷汙霞詩子耗費心神完成的作品。

哎，御宅族在噁心中帶有纖細，對於那種麻煩的心理，詩羽學姊當然絲毫也無法理解，之後她就和我斷了聯絡。

所以在半年前的春天，我成立這個社團的時候，儘管她是以劇本負責人的身分頭一個列入成員名單的，但後來實際要讓她參加還是費了相當大的苦頭。

……不對，其實我受的苦頭到目前仍以現在進行式持續著。

基本上從一開始就頗任性，應該說常常恣意妄為的學姊在加入社團以後，又變得更加不掩飾真面目，在在顯露出以捉弄我為樂的超Ｓ本性。

一開口冒出來的就是厚黑論調或者滿滿黃腔。

出的每一招都像仙人跳。

不知道那是身為作家的才能，還是單純人格出問題，她總會算出我的下一步再斷我後路，是一名替我的胃帶來莫大傷害的暗黑神。

但不知道是出於作家的本性，還是身為創作者的矜持，她對於創作的真摯心意不輸任何人，即使到好不容易和好的現在，我們還是屢屢圍繞著作品的內容起衝突。

一開始是在七月初。

詩羽學姊的劇情大綱，一直讓我覺得不對勁，發展到最後，我專程追著她到了兼為《戀愛節拍器》聖地的和合市，在旅館針對作品的方向性展開激辯而留下一夜情……不對，開了一整夜的企畫會議。

在互相理解我所追求的作品，以及學姊可以發揮的能力以後，我們才首度將彼此當成同一個團隊的成員來信任，是個既苦澀又值得紀念的一晚。

……當時拍下來的紀念照大概還留在學姊的檔案資料夾裡面吧。

然後，下一場風波，就發生在上週。

彷彿夏天的舊事重演，身為外行人的我這次連完成的劇本都要插嘴，在校慶當日招來了程度跟上次完全不能比的險惡氣氛。

但是，學姊在當場……不對，我們在當場並未拋開創作人的身分，仍然抱著認真的心，針對作品深入再深入地爭辯、肯定、否定，手段激烈得不惜打散原本的作品再大幅重寫。

……到最後，我甚至在劇本裡添筆，改變了作品原本的氣氛。

※　※　※

「終於，完成了呢。」

「嗯……」

於是，下個瞬間，我的肩膀上多了一點點重量，洗髮精香味輕輕飄來。

詩羽學姊一面探頭看向畫面上的工作人員名單，一面極不自然地改換姿勢。

是的，儘管我們從認識到現在風波不斷，當中最大的問題就是這個。

無論我怎麼惹學姊生氣、加重她的負擔、傷她的心，總覺得甜蜜氣氛還是會像這樣延續。

根本來說，詩羽學姊的性格果然有問題。

明明具備自認兼公認的毒舌、任性、虐待狂本質，那片毒舌卻對人溫柔到極點。任性的地方都亂可愛一把。每次到最後，都對我好得過了頭。

「欸，倫理同學。」

「怎、怎樣？」

接著，學姊將自己的手，湊到我放在鍵盤上的手上。

那樣的動作，和外界對她的評價根本不一樣，又溫暖，又柔和，而且……

「我跟你說，等這款遊戲完成……」

「學、學姊……」

「喂，你們等一下～～～～～！」

……當退無可退的氣氛，正要支配整個房間的時候。

從房間的窗邊……我的書桌那邊，響起了高八度的閃亮亮嗓音。

「我從剛才就在聽你們講話，居然趁別人趕稿趕到炸掉的時候一直調情一直調情一直調情一直調情……！」

「英、英梨梨……？沒有啦，我們沒做那種事情！」

「妳吐槽的內容和時間點還是一樣陳腔濫調讓人缺乏新鮮感呢，澤村。就不能添一些有趣的變化嗎？比如說，妳可以等隔天早上再冷靜地叫醒在床上相擁入眠的兩個人然後吐槽啊。」

「妳最好是滿腦子都想著衝本壘啦，霞之丘詩羽！妳在暗地裡明明就膽小得沒那種勇氣！」

「沒有啦，學姊只是用她擅長的那一套在鬧著玩吧？妳不要每次都起反應啦。」

「……倫理同學用一句『鬧著玩』就帶過的官方回應也總會讓人火氣上來就是了。」

各位什麼時候有了房裡只剩我和詩羽學姊的錯覺……沒有啦，老實說這是想故意誤導人的敘述筆法。對不起。

沒錯，其實那個金髮雙馬尾的女生從一開始就在，而且從集宿開始的星期五晚上就一直占著我那張書桌，只顧專心繪圖的她，現在正甩亂一頭自豪的金髮，毫不講理地痛斥我跟詩羽學姊。

如此這般，在過了深夜三點的我房間裡，簡直跟平常一樣……心態真的就跟平常時段一樣，表現得不顧我家安寧而旁若無人的這個女生，名叫澤村‧史賓瑟‧英梨梨。

她和我同一個年級，是美術社的畫圖好手；日英混血的千金小姐；雖然我不想承認，但她也是個有如法國人偶（英國產）般的美女，原本和我這個純國產的御宅族（在外表上）理應毫無接點。

「先、先不管那個，接著是角色設計／原畫：柏木英理……好了。」

「……為什麼我在工作人員名單裡要排在霞之丘詩羽後面啊？」

「哎呀，從作業順序來想，妳不覺得劇本排前面是理所當然的嗎，澤村？」

「我負責的，可是『原畫』這個關係到九成營收的重要職務喔。」

唔哇，妳也講得太露骨了吧……

「不過澤村，人設及原畫，都是沒有企畫者指示就什麼也不能做的職務，和光是張著嘴巴等人來餵的小孩並沒有兩樣，這妳是不是忘了呢？」

「妳還是只會講那種讓人既不能理解也不能接受的詭辯……等一下！那份工作人員名單是怎樣！我的筆名什麼時候變成『柏木色女』了嘛！」

「哎呀，真的呢。不可以喔，倫理同學。就算那是深入發掘出澤村本質的出色笑料，也還是跟事實相違背喔。」

……不對吧學姊，妳剛才確實有特地將我打好的「英理」刪掉再重打對不對？

※　※　※

「真是的，我受夠了！」

「妳心情也該好起來了啦。」

「明明我才是最努力的……基本上，你以為這期有多少部動畫是因為這項工作，害我都只看一集就停掉……！」

「呃，單純是這期含金量太低吧？」

「……你說那種話妥當嗎？真的妥當嗎？」

哎，雖然已經有許多部分洩底了，簡單說呢，到頭來這傢伙跟我是一丘之貉，或者可以說是同一個虎穴養出來的御宅族。

這個隱藏身家的千金小姐在我的社團擔任原畫負責人，同時又有人氣同人作家「柏木英理」這張絕頂宅女的面孔，假如這些底細被不良分子挖出來，下場大概會一路直通她自己常畫的凌辱同人劇情。

還有，她跟我是十年以來……從讀小學時就認識的，交情非常久的青梅竹馬。

「總之等我把決定要收整套ＢＤ的作品買齊以後會再借妳，現在先忍著吧。」

「欸，這期你要買什麼啦？」

「呃，《街物語》、《四葉的女王》和《白金之戀》……」

「什麼嘛，那幾部我都有看啊。」

「……所以，妳剛才說什麼東西只看一集就停掉？」

那樣的英梨梨，目前，好比在為我們製作的遊戲進行最後衝刺，正以超快速度將剩下的劇情事件ＣＧ完工。

哎，儘管我們像這樣聊著讓人寒徹身心的討厭話題，她也絕不會停下工作中的手，唯有這點值得讚賞就是了。

「有什麼辦法。誰叫我們每一季會看的差不多都一樣。」

「所以這當中最推薦的……就是《白金之戀》吧，對吧？」

「你都那樣說了，應該就是那部吧。」

「在妳心裡也一樣啦。」

雖然英梨梨依舊背對我，但她用了發笑的呼氣聲來回應我的結論。

真的，就算過了十年，我只有對她的嗜好還是瞭若指掌。

……不對，正因為過了十年的關係吧？

「那麼，倫也你支持哪個女主角？」

「當然是更紗啦，廢話。」

「……你的答案，真的太符合預料了。從以前就喜歡正統女主角的偏好都沒變。」

「妳才沒變，反正妳就是支持惠梨香吧，對吧？從以前就喜歡第二女主角的偏好都沒改。」

「就是啊，彼此的喜好都完全固定下來了。」

「雖然妳還順便固定了讓正統女主角變得慘兮兮的同人作風。」

「誰叫那樣比較好賣。」

「只顧賣本子賺錢的豬。」

「謝謝惠顧～～♪」

「誰會買啊，蠢蛋！妳的本子每次都十八禁不是嗎！」

「畢業後請搭頭班車來排隊喔。沒有社團入場票倒不保證能買到就是了。」

沒錯，因為和對方認識已經過了十年，動不動就會像這樣情緒昇溫。

她是我出生後第一個交到的御宅族朋友，出生後和她頭一段寶貴的記憶、想忘掉的記憶，都深植在我的心裡，彼此即使想切割也切不了……不對，我明明不想切卻遭到切割，結果又接了回去，是個緣分好比殭屍般，和我累積了太多恩怨的女生。

儘管現在已經恢復成可以像這樣互開玩笑的關係……

不過，我和英梨梨之間，橫跨著一段無法也不能簡單用言語帶過的漫長時間。

※　※　※

如同我一再重複的，我和英梨梨之間的歷史可以追溯到十年前。

那是在春天，新學期，我們升上小學的入學典禮。

落櫻繽紛，離家不遠的坡道上……

我遇見了一個由西裝筆挺的金髮爸爸，以及身上服裝簡直跟角色扮演者一樣鑲滿荷葉邊的媽媽帶著，而且髮色和爸爸一樣的同年紀女生。

當時我還不是御宅族，好奇心倒和四處可見的臭小鬼一樣旺盛，對那樣醒目的女生十分有興趣，就跟著她一起走到學校，彷彿理所當然地直接和她進了同一間教室。

……假如我和那傢伙不同班，會在入學第一天就變成迷路兒童吧。

之後一直到小學三年級上學期，我和英梨梨之間並沒有發生什麼大不了的戲劇性事件，在彼此心裡的存在感自然而然地逐漸變大……順帶也受了她父母的影響，彼此耳濡目染地逐漸變成御宅族。

毫無特點的男生，跟特點實在太多的女生，總是在兩人世界裡熱烈討論動畫或電玩的模樣，在同班同學看來或許相當異常吧。

不過，當時大家見過的世面還很窄……連組成小圈圈排擠異類的社會性都還沒有學會的那些同學，就任由我們照著我們想要的方式相處了。

於是在之後發生的事情，現在回想起來，或許是成長過程中理所當然會碰上的阻礙。

到了三年級下學期，突然面臨周圍的冷漠視線以及動粗行為的我們，才對出生後頭一次碰上的明確惡意感到強烈困惑。

對於那僅僅一次的挫折，原本就是死小鬼的我拚命抵抗，然而英梨梨原本是個真正善良的千金小姐，所以一下子就屈服了。

在之後的幾年間，英梨梨按照旁人對她的印象，將「愛好繪畫的千金小姐」演得天衣無縫，結果反作用使她的本性變成了比我陷得更深更徹底的臭阿宅。

為了賣本子不惜染指十八禁和凌辱題材，還用沒看過的動畫出二次創作，重視亮麗的門面更甚於內涵……

可是她自己卻不到人前露臉，也不在網路上現身。無人知曉真面目的蒙面同人作家──柏木英理就此誕生。

所以，那無論怎麼想都不是出於自我表現慾或上進心。

難道說……不，我到現在依舊不明白她創作是為了什麼目的，在我所知的人當中，她是最扭曲的御宅族。

那樣的我們，能夠克服漫長又漫長的寒冬時期並且稍微達成和解，靠的是超過五年以上的時間。

……話雖如此，那並非我們共度的時間，而是周圍流逝的時間。

來到沒有人認識以前的我們，和居住地稍有距離的豐之崎學園以後，與其用心靈交流，我們先重啟了物質上的交流。

身為無腦購物狂的我，提供的是動畫或電玩最新作。身為知名同人作家的英梨梨，則提供一般來講就算排隊也買不到的牆際社團同人誌。

儘管在政治上反目相向，經濟上卻彼此合作，我們這種冷漠而頻繁，好比某兩個國家的貿易就這樣開始了。

接著，在考進豐之崎學園以後，又過了一年……

於成立社團之際，面臨「候補原畫家無論怎麼想都想不出比英梨梨更好的人選」這項嚴苛現實的我……

只好無視於長年以來發酵熟透的心結，大舉將勇氣、忍耐、妥協全副動員，向就我所知最強的原畫家低頭。

……當時，我心裡是對著哪邊低頭，至今仍沒有定論。

哎，不過這種半吊子的關係，到最後只要遇上一點小問題就會輕易破裂。

由於在夏COMI發生了些微的意見不合，我們終究將那種虛假的和平毀棄，並且打起真正的戰爭。

那是在以往十年前始終沒發生過，還賭上了我們所有自尊的一場大吵架。

我們受了以往一直放在心上無法消解，而且積了又積的意念驅使，像傻瓜似的互相發脾氣、叫罵、哭來哭去。

……那根本是內容既低俗又無聊，簡直像在小學一年級就該吵一吵結束的一場架。

結果，我們之後並沒有和好。

因為英梨梨沒有道歉，所以我也不道歉。

然而，在那次以後，我們應該改變了一點點。

嗯，那使得我們，變成了現在的這個樣子。

※　※　※

「……停一下，倫理同學。」

「喂，妳喔！社團票不分給我是可以理解，可是妳連逛攤打招呼的時候都不肯送我本子嗎！那樣實在太冷淡了吧？」

「要說的話，本子當然要優先賣給平時排隊支持的一般入場者呀。根本來說，就算本子送給你……你又沒有本子可以跟我交換，而且也算不上朋友。」

「……倫理……！」

「啊～～妳這傢伙！居然把不該講的話講出來了～～……………什、什麼事，學姊？」

於是，就在我微微地沉浸於感傷，卻又絲毫不肯表露出來，嘴巴只顧著和英梨梨越爭越激烈的時候……

有一陣感覺冰冷得可以讓現場徹底降溫的惡魔嗓音，從我旁邊冒了出來。

「你們兩個……都停一下，不覺得太吵了嗎？這麼大半夜的。」

「啊，對不……」

「啊，對不起喔～霞之丘學姊……我們兩個都完全忘記妳的存在了～」

「…………哼。」

「英、英梨梨……？」

在我打算乖乖聽從詩羽學姊的「糾正」並退讓的瞬間……

有一陣聽起來亂挑釁又具攻擊性，而且感覺充滿惡意的愉～快嗓音，讓本來就冷森森的現場結凍了。

「也對啦。說來說去妳又不是純正的御宅族。我們聊的話題對文學少女（笑）來說可能太偏『圈內』了，妳是不是都跟不上呢？」

「被妳誤解可就傷腦筋了，澤村。我只是想說，你們鬧得太大聲，會給人家家裡造成困擾，總要顧慮到這個房間變成外人止步而耽誤遊戲製作的風險……」

「那種事用不著擔心嘛。我從小就跟伯父伯母認識，而且他們都是抱持放任主義又大而化之的人啊。對不對，倫也？」

「是、是那樣沒錯啦……」

「……都已經當高中生了，我覺得事事都要家長包容你們也不太對喔，倫理同學你說呢？」

「學、學姊說的是，對不……」

「跟妳說不要緊了嘛。有什麼狀況的話我會先道歉，反正澤村家和安藝家關係這麼好。」

「英、英、英梨梨……？」

結果，在我這次準備乖乖遵從詩羽學姊搬出的「道理」並退讓的瞬間……

顯然比剛才更加充滿優越感及鄙視感的口氣和語句，頓時讓結凍的現場迸出裂痕。

「…………」

「…………」

「那、那個……」

於是，寂靜如詩羽學姊期望的降臨於四周。

像那樣，儘管爭執的原因去除了，不知為何她們兩個卻好像搞錯了目的及手段，應該說絕對是搞錯了什麼才依舊瞪著彼此。

就在我心裡正為了接下來即將展開的經典一役（？）感到顫慄時……

「呼～～我先用過浴室囉～～下一位請用～～」

在戰意濃厚的討論串……不對，房間裡，忽然闖進了一道略為沙啞又悠哉的講話聲。

聲音的主人大大地推開門，步步有聲地走進房間，然後使勁跳上床鋪，大剌剌地在床上盤腿坐下，還拉開貼身背心的領口，頻頻往裡面搧風。

「呼～～好熱～～……剛才的熱水澡真舒服～～」

「…………」

「…………」

那一連串行雲流水而旁若無人的動作，使冷戰一直打到剛才的兩人愣住一瞬，沉默狀態依舊持續了一陣……

「冰、冰堂……！」

「等一下等一下等一下！妳穿那是什麼模樣啦！」

緊接著，她們重拾舌鋒，只換了目標又開始發動攻擊。

突然闖進房裡的……不對，實際上，那依然是從集宿開始的星期五晚上就待在房裡，但為了洗澡才稍微離席的另一個社團成員。

「妳、妳喔……至少下面該穿東西吧！」

「咦～～我有穿不是嗎？有內褲啊。」

「一般都會在那上面再多加一件吧！基本上這是別人家裡耶！還有男人在耶！」

「唔～就算有男的，反正阿倫是家人嘛～」

「……冰堂，『家人』和『類似家人的人』之間，有一條絕對無法填起的溝，妳知道嗎？」

「對、對啊！妳只算表親嘛！那只是四等親嘛！像那樣才不算什麼家人！再說表親之間也是可以結……結、結婚……！」

「……澤村，妳也該改掉自己開口折磨自己的毛病了。」

像那樣，即使面對毒舌系和尖叫系兩種數落也能完全當耳邊風，還自在地坐在床上，顯得比英梨梨更加旁若無人，比詩羽學姊更加不知道該讓人看哪裡的這個女生，名叫冰堂美智留。

微捲的短髮，帶著剛洗完頭的濕潤光澤；長相則屬於上吊眼的英挺美女。而且手腳修長身材出色。

……話雖如此，除了黑色貼身背心和白色內褲以外什麼都沒穿（八成也沒戴胸罩），一副散散漫漫地在家裡晃，心靈層面好比歐巴桑的她，可以說真不愧是和我有同樣血統的表親。

「呃，音樂……欸，美智留，妳在工作人名單上的名字，打成小美可以嗎？」

「啊～不要打片假名，麻煩用英文。用M、I、T、C、H、I、E拼成小美。」

「喂，倫也！你現在不准看她那邊！」

「那倒沒關係。最近我養成美智留一進房間就先拿掉眼鏡的習慣了。」

對於那種散散漫漫不遮不掩的模樣已經差不多適應，或者應該說對策萬全的我，正朝著只能朦朧看見的螢幕，靠指法打下『配樂：Mitchie』。

「沒、沒戴眼鏡版的倫理同學……？讓、讓我看清楚一點！」

「對不起，請學姊不要擋住畫面。」

哎，雖然打字時稍微被詩羽學姊礙到了，不過先別管那些……

「到現在還會被那種算不上稀奇的景象釣到，說妳膚淺都還算好的。」

另外，雖然我被英梨梨尖酸起來不分對象的苛薄話稍微傷到了心靈，不過也別管那些……

她是那麼一個毫無戒心，光靠自然本色就顯得火辣撩人，性格又表裡如一不拘小節的女性表親，冰堂美智留。

不過，當初為了讓這傢伙加入我的社團，也得先克服第一道障礙……御宅族和非御宅族之間的對立情結……

※　※　※

其實美智留和我的交情之久，長到在人類史上排行第三，僅次於父母。

畢竟，我們是出生日期和出生醫院都相同的表親。

老家都在長野的我們，更是一起在那裡被扶養長大，某種意義上可以說是緣分比誰都深遠的關係。

啊，不過即使如此，最近我們每年頂多只會在親戚聚會時見個一兩次就是了。

……先不管我是不是在幫誰打圓場，反正就是那麼回事。

哎，說來說去，親戚中年紀最相近的我們，就算在次數不多的相處時間中，也培養出了親暱得感覺不出性別的友情。

……倒不如說，親暱過頭了。

從以前在女生間就比在男生間更受歡迎的美智留個性爽快，或者可以說有男子氣概，即使隨著年紀增長而升上國中、高中，她和我之間的距離與其說是男和女，感覺上依然像親朋好友。

停止一起洗澡是在國中二年級。停止在房間一起換衣服是在國中三年級。停止對我用貼身的摔角招式……不知要等到何時。

只不過，相較於美智留和我相處零隔閡，其實有一段時期，我面對這個散仙，在心靈上曾經感受到一點距離。

畢竟要刺激我的自卑感，幾乎沒有人比得過這個萬能型天才。

她從小就發揮出能文能武的罕見才華，練什麼都能立刻登峰造極，然後立刻就會感到厭倦，又在下一項興趣站上巔峰，是個在凡人看來只能大嘆「拚不過啦」的才能化身。

儘管美智留的父母只看得到她的唯一弱點也就是讀書考試，把她當劣等生對待，然而在我們這些小孩的價值觀裡，美智留就是英雄，是君臨天下的人，同時，也是強烈嫉妒的對象。

而且沒學乖的美智留這陣子又迷上了樂團，把那當成接檔的興趣，還組了一支名叫「icy tail」的女生樂團展開正式活動。

她就像這樣，始終屬於非阿宅，又是個現充，對事情只有三分鐘熱度……我本來以為，自己往後都不會和她有血緣關係以外的接點。

沒錯，直到我聽了這傢伙彈的吉他……

和爸媽為了音樂活動的事吵架，而跑來賴在我房間的美智留，彈出的旋律莫名觸動我心弦，轉眼間就讓我成了俘虜。呃，在音樂方面。

對於碰巧在同一時期，正為了製作中的遊戲配樂而苦惱的我來說，當時的美智留，好比捧著吉他的候鳥……不，女神才對。

然而，就和迎接其他成員時一樣，在準備將那位女神拉進社團的我面前有苦難等著，不對，其難度更甚以往。

畢竟，對御宅族完全沒興趣的美智留，對於我的活動及熱忱也全然不表示關心。

何止如此，這傢伙心裡充滿了不理解御宅族的樣版化偏見，居然反過來展開遊說，想限制我的御宅族活動，拉攏我當現充。

結果，不懂客氣也不懂收手的我們，甚至用解散彼此的樂團和社團當賭注，發動了阿宅和非阿宅間的宗教戰爭。

後來，我們那場激烈的戰爭，突然迎接了戲劇性十足……應該說，誇張得讓人合不攏嘴的大翻盤。

讓美智留對音樂活動產生興趣，促使她組樂團的那群伙伴……

結果，那三個身為「icy tail」成員的女同學，其實都是和我程度相當的御宅族，這就是等在後面的爆點。

東忙西忙下，最後我甚至也大肆借助她們的力量，才終於將社團的音樂負責人「Mitchie」、演唱主題曲的「icy tail」同時納為同伴。

……雖然，我和美智留之間的關係，就因此朝著比過去更奇怪的方向加深了。

※　※　※

「好啦～那我也來忙自己的工作吧～～」

「等、等一下，冰堂美智留！妳在這大半夜彈吉他，再怎麼說都會妨礙到鄰居安寧吧！」

「沒事的啦～我已經跟姑丈他們報備過了。今天隔壁沒有人在家，所以再怎麼吵都可以。」

「……看來妳和某個只會吹牛的澤村不一樣，是真的跟安藝家交情良好呢。」

「啊唔……喂，霞之丘詩羽！妳有空損我的話，還不如來阻止這個女生啦～」

美智留說著拿出了吉他，然後手腳迅速地接上擴大機，開始演奏曲子。

英梨梨放在繪圖板的手依舊沒歇下，連嘴巴都動個不停。

詩羽學姊從剛才就專注於螢幕跟冷冷的吐槽。

儘管平時都鬧哄哄的，儘管在旁人看來感情似乎非常不要好……

即使如此，她們正是我的最強伙伴。

今天，還有明天，我都會帶著這支團隊向前邁進。

朝著已經近在眼前，名為「冬COMI」的終點邁進。

為了實現我「製作最強美少女遊戲」，這種有的人會覺得微不足道、有的人則會覺得太過遠大的夢想。

如此立誓的我，在結尾工作人員名單的最後一行，補了這些字：

『製作／著作：blessing software』

「各位，我帶宵夜來囉～」

「唔！我、我並沒有忘記妳的存在喔，加藤！」

「怎麼了嗎，安藝？突然說那種話。」

「沒、沒事，沒什麼……」

如此這般，我用略為上揚的講話音調，歡迎又一個外來者進房裡（當然她其實也從週五晚上就……以下略），而且為了掩飾心慌，我又在結尾工作人員名單的倒數第二行，若無其事地多加了一排字。

『第一女主角：加藤惠』

不，我打到一半……

『程式碼：安藝倫也、加藤惠』

又改成這樣了。

「萬歲，有披薩耶！好棒好棒，我就是在等宵夜～肚子餓癟了～」

「喂，妳不要一下子就搶走一半啦！」

「剛剛我又烤了一塊，所以沒關係喔。霞之丘學姊要不要也來吃？」

「我不用了。大半夜哪能吃熱量那麼高的東西。」

「啊～全身肉多的人真是煩惱多多呢～」

「澤村，我想妳只要改一改那種什麼都要嗆的毛病，就可以少為自己製造一些敵人。」

在這裡，有個當大家嘰哩呱啦地鬧起來，馬上就會埋沒於背景，存在感薄弱的幕後功臣……

不是啦，該叫她第一女主角加藤惠。

她和我同年級，呃，是和我同班的女同學。

要拉攏身為……身為同學的這傢伙，在我的遊戲裡擔任象徵性角色，那可是經過了好大一番波折才……抱歉，並沒有。

※　※　※

與加藤初次相識，是在今年春天。

在我家附近的陡坡被風吹走了帽子，佇立著不動的白衣女生。

那幕光景和情境，讓我有了長篇巨作即將開始的預感。

……然而，後來我才知道，當時遇見的少女其實是同班同學，明明在教室都會碰面卻絲毫沒發現，邀她加入社團也沒想太多就立刻說ＯＫ，其不起眼事蹟可說不勝枚舉。

※　※　※

「來，安藝也請用。要加Tabasco嗎？」

「嗯，麻煩妳，加半瓶左右。」

「……原來冰箱裡總是擺了五瓶這個備用是有原因的啊。」

談到的內容會遠少於其他女生，並沒特別含意喔。

畢竟，我們從認識到現在也才短短半年。

再說這半年來感覺也發生了不少事，不過該說是她本人的性格或角色性質，對御宅族而言太缺乏吸睛的焦點，或者以三次元而言實在太普通……

「那麼安藝，進度做多少了？」

「結尾算完成囉。」

「哦～～終於好了耶。」

「是啊，終於好了……對了，既然好不容易才完成，妳要不要用大螢幕看看？」

「嗯，好啊，讓我看讓我看。」

即使如此，可以喻為現實世界驕女的加藤，和自封虛擬世界驕子的我，其實在來往時比誰都還要自然。

從平凡性情就能看出，不會讓人感受到三次元嚴苛現實的她有多好哄……不對，有多麼溫柔好相處。

由淡定態度造育而成的，這種為膽小御宅族帶來勇氣的攻略低難度……不對，這種坦率氣質很討人歡心。

所以我敢說的只有一句。

這種「怎樣都好的美少女」可找不到第二個。

……既然找不到第二個，總覺得角色性是不是可以再鮮明一點，不過那碼歸納碼。

「好期待冬COMI呢。」

「是啊……」

離冬COMI，不到一個月。

離送廠壓片的期限，只剩一週。

無論是哭是笑，僅存的時間都不多了。

但是，我們不會慨歎時間有限，只會全心全意地畫圖、撰寫、彈奏……

「奇怪？」

「嗯？」

「啥！」

「咦……」

「嗯～～？」

於是，在我打開大型液晶螢幕電源的瞬間，房裡響起了所有人抓狂的聲音。

不，那只是事情的結果，問題在於導致狀況發生的理由……

「……安藝，停電了耶。」

「唔，咦……？」

「倫、倫也，這種情形……」

「該不會是……斷路器……？」

「啊～這樣看來是跳電了啦。」

在陷入黑暗的房間裡，像跑馬燈一樣浮現在我腦海裡的，是剛才的用電情況。

冷氣、繪圖板、好幾台電腦、擴大機，加上大型螢幕。

樓下的廚房，還有微波爐正在運作……

「趕工的資料……該不會都沒了？」

「呀啊啊啊啊啊啊啊啊～～！」

離冬COMI，不到一個月。

離送廠壓片的期限，只剩一週。

無論是哭是笑，僅存的時間都不多了。

但是，在這有限的時間，我們不會慨……對不起，還是讓我哭一下好不好？

※※※

同一天，同一時刻，與這裡不同的另一個地方。

「欸，哥哥。」

「嗯？怎樣了，出海？」

「我總覺得，自己好像被世界遺棄了……像我這樣有存在的意義嗎？」

「…………就算正在為冬COMI趕工，我想妳也不用把自己逼得那麼緊啦。」

第5.7章
不起眼
座談會
進行法
Saenai heroine no sodate-kata FD

在同人遊戲裡……不，在商業遊戲作品倒也不算罕見，有一種充滿服務精神，旨在讓消費者玩到遊戲正篇之外的樂趣，名叫「附加模式」的東西存在。

比如隨時可以觀看遊戲中出現過的圖片的ＣＧ模式，隨時可以欣賞配樂的ＢＧＭ模式，還有隨時可以體驗過去橋段的劇情重播模式……由於這比較偏向特定分級，細節請容我忍痛省略。

哎，先不管那個，既然有名符其實，只是重複利用遊戲正篇素材做出來的附加玩意，自然也會有另外製作新的文章和圖片等素材，規劃出追加劇情或迷你遊戲之類，對忙完本身工作累得只剩一副空殼的工作人員造成更多負擔，有時還會本末倒置受到玩家奚落：「附加模式棒呆了，不過正篇就……」簡直害人不淺的……呃，內容充實的附加模式。

在那種常常被收錄進去當附加內容的新項目中，有一種叫「角色座談會」的玩意兒。

如名稱所示，那是讓該作品的登場角色跳脫故事齊聚一堂，好對正篇進行解說或者互相討論感想，在附加內容中算是受歡迎的項目。

但既然那樣受歡迎，高回報會帶來相應的高風險，同樣是不變的真理……

好的，在這裡，就有一款同人作品勇於挑戰那種高風險高回報的附加項目。

沒有錯，那正是我們「blessing software」的處女作《cherry blessing》。

※　※　※

【希良梨】「大家都準備好了嗎？那麼，一～二～三！」

【全員】「恭喜你完全破關～～！」

【美晴留】「哎～～真是辛苦了～～！」

【歌穗】「就是啊，亂累人的呢。尤其是接近結尾時一下子差點被殺，一下子穿越時空，一下子還在想像中被扒光光，真夠慘呢。」

【希良梨】「妳根本沒有什麼醒目的戲份嘛！哪裡會累人啊？」

【歌穗】「要說的話，河村，妳的路人角色度不也是同一個級次？」

【巡璃】「那、那個……至少等大家自我介紹完以後，再舉行發牢騷大會好不好呢？」

【美晴留】「啊～～有個自己占盡風頭的人擺著架子在講話耶～～」

※ ※ ※

「……欸，安藝。」

「怎樣啦？」

「我有很多地方想吐槽，可不可以一個一個問呢？」

「……加藤，現在動手比動口要緊。」

到了天使不在，師父也得跑起來的十二月，這才聽見社會嚷嚷著「怎麼今年也快結束啦！」而忙亂起來的初冬。

離寒假、冬COMI只剩三週，大限迫在眉睫的某個週末夜晚……

「那我一邊動手一邊問吧，這是現在無論如何都要處理的工作嗎？」

「我並不是不懂妳想說什麼。但是加藤，我們沒時間了。現在根本沒空做多餘的討論。」

「呃，為什麼沒有時間卻要增加工作量呢？正篇的母片明明還沒完成耶。」

「我說過沒空做多餘的討論了嘛！」

已成慣例的深夜「兩人幽會（程式碼作業）」進行到一半，帶著死魚眼邊敲鍵盤邊拋來那種消極疑問的，是我們「blessing software」的靈魂人物，職稱第一女主角，實為程式副編輯的加藤惠。

儘管在最近解開了原本留的馬尾，轉型成黑長髮，卻依舊淡定地在我家過夜並致力於製作遊戲且滿懷研發精神的女生。

「這個叫『角色座談會』的東西，真的有必要嗎？」

「問什麼傻話啊，這在同人遊戲可是必備中的必備品。」

那樣的加藤與我，目前在忙的並不是我們熱烈研發中的作品，《cherry blessing》正篇內容的彙整作業。

而是將遊戲全部玩完後才會出現在選單的「EXTRA模式」裡，叫〈慰勞會〉的附加劇情。

關於內容……哎，請參照我剛才匯入程式的那段文章。

「可是，每個女生的調調都跟正篇完全不一樣耶？會不會讓角色形象瓦解啊？」

確實像加藤所說的，那和描繪了數百年因緣、愛恨、陰謀的正篇風格截然不同，角色們的調調變得徹底輕浮、膚淺，充滿了像是所有人在激烈大戰後都變得腦袋缺氧的秀逗氣氛。

畢竟，這段劇情的執筆期間只有短短一天。

這是在長達幾個月的正篇劇情終於執筆完成，累得像空殼的詩羽學姊被不長眼的我拜託：

「能不能在明天前簡單寫一篇出來呢？」整個人怒火大發，一面對我瘋狂○○擾、一面在短瞬間就寫完的問題性尊稿。

……詩羽學姊當時的兇猛氣勢和行為，我都不想再回憶。

哎，不過先不管那些……

「妳在說什麼啊，加藤，大家要的不就是那種落差嗎！」

沒錯，那種調調才是我所追求的「EXTRA」。

讓本篇裡朝正經路線一面倒的角色，在這種附加的遊戲項目中露出完全不同的一面，其落差和喜感就會吸引粉絲，爭取到超乎預期的人氣，好比貓咪亞○奎或○虎道場（我正在等待新作）都是這種套路。

「可是，那種做法不是一冷掉就顯得很瞎嗎？」

「所以我說啦，避免讓場面冷掉就是我們的使命嘛！」

長達好幾天的程式碼編寫工程終於有了眉目，累得像空殼的加藤無精打采地說了一句，不過那當中蘊含著一部分真理。

讓角色脫離作品，從打破第四面牆的角度談論自己的這種手法，只要走錯一步就會讓人覺得又冷又瞎又無聊，難保不會導致製作方和遊玩方都陷入白忙一場的徒勞感。

因此，在撰寫方面就需要慎重拿捏。

說真的，做那些實在非常費苦心，希望玩家都可以用慈愛溫馨的眼光看待那些內容，這是我毫不虛假的真心話。真的拜託各位……

※　※　※

【希良梨】「那就從我開始做自我介紹……我是河村．史拜達．希良梨。爸爸在外務省工作，媽媽則是法國家庭主婦。興趣是畫畫。我和主角誠司之間呢，呃，算是有一段從小學認識到現在的孽緣，或者也可以說是十年來都一起度過的老交情……」

【歌穗】「有這層關係還當不上第一女主角，該說妳可悲也要有限度，還是不折不扣的敗犬屬性呢？」

【美晴留】「才十年左右就當成孽緣，想賣弄也要適可而止嘛～明明還有女生是從一生下來就待在小誠旁邊的說～」

【希良梨】「不要對別人的自我介紹一一吐槽啦！我自己的事情當然是我自己最清楚！」

【歌穗】「好了，接下來是不是應該換我呢？我叫雲雀之丘歌穗，比其他人大一歲，三年級。個性文靜，從一年級就一直當圖書股長，不過因為誠實同學這個學弟總愛找理由跑來圖書室，我們就變得要好了……大致上應該是這樣。」

【美晴留】「妳用『誠實同學』那種怪怪的綽號叫他，感覺好瞎喔～應該說妳身為阿姨的自卑感都表露無疑了嘛～」

【希良梨】「還說自己文靜。這下子『陰沉』就有經過美化的另一種講法了呢。真不愧是性格和頭髮都黑漆漆的圖書股長。」

【歌穗】「……剛剛才說不要對別人的自我介紹吐槽的，不知道是出自哪個敗犬金髮雙馬尾的嘴呢？」

【美晴留】「再換下一棒！我我我～我叫炎藤美晴留！我跟小誠是表親，連生日都同一天喔～雖然小誠在小時候搬家了，我們曾經分開過一次，不過幸好他在今年春天又搬回來了，我們還一起住在同個屋簷下呢～」

【歌穗】「住在同個屋簷下又老是穿得少少的誘惑別人，居然還當不上第一女主角以下略。」

【希良梨】「分開的時間明明超過十年，現在還敢打出青梅竹馬的名號，想責弄也要適可而止以下略。」

【美晴留】「我才沒道理被一個在男生轉學後還特地追過來的女跟蹤狂批評啦～！」

【巡璃】「啊，那個，最後可不可以換我了呢？我叫做叶巡璃。是在這座城鎮長大的普通高中生，讀書和運動都不太行，也不像大家這麼醒目，雖然在誠司轉學過來以前，我都完全不曉得關於他的事情……」

【希良梨】「連前世都搬出來就沒什麼好說了啦！」

【歌穗】「我痛切感受到『外掛』指的就是這麼回事。」

【美晴留】「誰叫他們不只從一生下來就認識，根本從出生前就認識了嘛～」

【希良梨】「基本上，她平時根本就是個樸素的路人妹，光是有幕後設定就當上第一女主角，這樣我才不服氣！」

【歌穗】「總覺得誠實同學會傾心於叶，也是出於故事的安排呢。倒不如說，他受到了設定的束縛。」

【美晴留】「啊～～那個我也有感覺到。簡單說，小叶除了前世以外根本什麼都沒有嘛。本身的角色又不鮮明～～」

【巡璃】「奇、奇怪？為什麼只有說我的壞話時會輪兩圈……？」

【希良梨】「哼，兩圈不滿意的話就輪第三圈啊！」

※　※　※

「……………欸，安藝。」

「……………別動嘴巴，動妳的手。不對，拜託妳動手。」

在編寫程式碼的作業途中，加藤再度停下手，眼神十分疲倦地望著我。

「雖然我覺得拖到現在才問這個也怪怪的啦。」

「既然都拖到現在就不用問了。不對，不問也好。」

她那疲勞充血的眼睛深處，散發著許多的無奈。

「我總覺得這款遊戲的女主角，好像在哪裡看過耶。」

「正是如此，加藤！這款遊戲原本就志在把妳塑造成令人小鹿亂撞的第一女主角……」

「先不管重新聽你講過以後我還是覺得要讓一般人理解那個目的實在太勉強，其實你也知道我想問的並不是那個對不對？」

「對啦……」

之前，我大概都耽於忙碌、睡眠不足和亢奮感，對這些設定的異樣之處睜一隻眼閉一隻眼。

可是，現在正篇的內容幾乎全部完成，試著像這樣俯瞰角色間的日常互動以後，無論如何都會覺得……

「和主角是青梅竹馬的傲嬌金髮雙馬尾」

「厚黑的黑長髮學姊」

「久別重逢的無戒心表親」

「……關於附屬女主角的設定，妳去找詩羽學姊確認吧。不對，要確認拜託找她。」

「看完說ＯＫ的是你對不對？握有最終決定權的是總監兼製作人對不對？」

「我之前沒有發現學姊寫得這麼明顯啦！」

我當然知道，學姊在人格特質上會做參考，不過現在看來，我不得不說自己之前都被正篇的嚴肅劇情蒙蔽了。

詩羽學姊……妳這個人實在是喔～～！

※　※　※

【美晴留】「基本上，妳們不會覺得我們幾個的劇本，和屬於主線的小叶那套劇本都不一樣，感覺寫得很敷衍嗎～～？」

【歌穗】「對呢。基本上，故事整體的謎團都沒有揭露，就用『我們回到了和平時相同，卻又顯得多了一絲絲幸福的日常生活』這種方式收尾，是要如何讓人接受呢？」

【希良梨】「根本來說，故事走入我們幾個的結局以後是變成什麼樣了嘛……敵人又還沒有打倒，將來說不定又會出現耶！」

【美晴留】「應該說，之後的狀況交代得這麼不清不楚，會無法坦然相信自己能幸福耶～～」

【歌穗】「哎，全都是誠實同學沒骨氣的錯就是了。」

【希良梨】「……誰叫那傢伙只有在巡璃的劇情線才會認真。」

【美晴留】「畢竟我們幾個的結局，是小誠背對過去展開『逃避』的故事啊～～」

※　※　※

「…………」

「呃～～安藝，你有沒有什麼意見要發表？」

「挨罵的是誠司啦，和我沒關係啦！」

※　※　※

【歌穗】「……算、算了，反正可以把逃到自己身邊的誠實同學包下來，這樣的情境一點也不壞。」

【希良梨】「對、對啊……說的有道理。比如一直跟他窩在房間，玩一整天的電玩或者看動畫也許很棒。」

【美晴留】「啊～～那樣不錯耶！懶懶散散地一整天不下床～～醒了就嘻嘻笑著抱在一起～～！」

【希良梨】「喂！考慮一下遊戲級別啦！這是普遍級遊戲喔，不是成人遊戲！」

【歌穗】「分不清妄想和現實的現充就是這麼討厭……」

【美晴留】「妳那樣說有好多地方矛盾，我都不知道怎麼回嘴了……」

※　※　※

「…………」

「欸，加藤，當我不在的時候，社團裡聊的話題是……」

「我想她們在這裡談論的是沒骨氣又不肯認真還一下子就選擇逃避的主角誠司就是了，你覺得呢？」

「我想也是～～」

※　※　※

【巡璃】「呃～～這樣下去話都聊不完，差不多該做總結了吧。」

【希良梨】「……妳在說什麼啊？巡璃。我根本還沒有講過癮耶。」

【巡璃】「咦～～可是，大家從剛才就只會互相扯後腿而已……假如聊得更融洽一點的話倒還沒關係。」

【美晴留】「沒關係～～！還有一個可以讓我們團結一心的話題喔！」

【巡璃】「哦，那指的是……」

【歌穗】「就是指妳喔，叶。」

【巡璃】「……咦？」

【美晴留】「因為妳從剛才就完全沒有加入對話嘛。差不多可以請妳大聊特聊了吧～」

【巡璃】「咦～可是，我在正篇的台詞已經夠多了，就算不在這裡多講話……」

【希良梨】「就是那個！我們來談談巡璃的那種特質！」

【巡璃】「哪、哪種特質？」

【希良梨】「我說妳啊，雖然平時既樸素又不起眼還一副待人親切的樣子……實際上卻有種自命清高的味道，而且嘴巴微妙的毒……感覺好黑喔。」

【巡璃】「……希良梨？」

【歌穗】「是啊，比想像中的黑很多……應該說，完全捉摸不到妳這個人背地裡都在想些什麼呢。」

【巡璃】「……我沒有想到自己會被雲雀之丘學姊那樣說。」

【美晴留】「再說妳不知不覺就和小誠變得甜甜蜜蜜了～～應該說最無懈可擊嗎？妳這黑心腸馬尾。」

【巡璃】「唔？咦？原來妳們都那樣看我的嗎？」

※　※　※

「…………」

「唔，呃～～加藤，妳有沒有什麼意見要發表？」

「唔，呃～～反正這說的都是巡璃。」

「可是加藤，這款遊戲原本就志在把妳塑造成令人小鹿亂撞的第一女主角……」

「…………」

「啊……」

方才眼裡正逐漸恢復生氣的加藤，又變回死魚乾一般的眼神了。

哎，冷靜想想，她在長達數天的作業終於告一段落時又立刻被我安排別的工作，何況內容是這樣的話也可以說無可奈何。

真過分，是哪個魔鬼總監把重要的社團成員逼得這麼慘……呃，實在很抱歉。

「這樣啊，原來我其實是黑心腸……原來這就是大家的共通認知……」

「沒、沒有啦！這項設定是用在巡璃身上的！」

「可是，你說過女主角的設定都是交給霞之丘學姊安排……」

「說ＯＫ的是我！擁有最終決定權的是我！然後這裡是因為我下了指示，才會在遊戲中加入原創的設定！」

別說做決定了，巡璃其實有副黑心腸的幕後設定，我當然連聽都沒聽過，但現在我只能自己打起來。

為了在本週末將這段附加劇情匯入遊戲，現在讓加藤脫隊就傷腦筋了……

「好了，打起精神繼續工作吧，加藤……關於巡璃的部分，之後我絕對會幫妳討公道啦！」

「安藝……」

於是我鼓勵加藤，然後再度面對畫面。

加藤似乎也心不甘情不願地接受了，她輕輕地捂了捂眼睛，用一聲「好！」來提振精神，再打開程式碼的編輯畫面。

可是，我那種臨場應急的處理方式果然錯了。

不，我欠了一點思量。

在重新開工以前，我應該先把文章從頭到尾讀完一遍才對的……

※　※　※

【英梨梨】「之前在六天場購物中心，我曾經『碰巧』遇到惠喔。當時她好像才跟倫也……不是啦，才跟某人約會到一半就被丟包，講起話來卻和平時完全一樣呢。不過她那張表情有夠生氣的喔……當時我就知道了。哎，這個女生嘴巴講的和心裡想的完全不一樣。」

【詩羽】「這是我聽來的消息，據說我接受倫理同……接受某人採訪的那段錄音在謄稿時，她曾經唸個不停地一直修理一起工作的某人喔。我總覺得原因是不是出在採訪時講話的那兩個人關係太親密了……故作平靜的狠角色感覺真恐怖呢。」

【美智留】「小加藤很『那個』耶。明明跟我一樣不是御宅族，對御宅族卻亂包容的，應該說她都在展現自己對御宅族的包容不是嗎？我覺得像那樣就很容易討好阿倫……我是指討好御宅族啦。哎，真是個心機女～～」

【出海】「基本上，惠學姊都可以用『不起眼』或『角色不鮮明』當理由，讓倫也學……讓某個學長調戲，這我不能接受耶。她明明比我醒目多了！」

【惠】「咦？出海？妳怎麼會在這裡？話說回來，妳有出現在遊戲正篇嗎？」

【出海】「有啦！妳看，我不是就在走廊背景CG的左邊嗎……嗚嗚，我果然一點都不醒目～～我只能算路人角色～～」

【美智留】「啊～～妳把人家惹哭了～～」

【詩羽】「加藤真不愧是最會損人於無形的女主角呢。」

【惠】「我、我應該說對不起嗎……？」

※　※　※

「…………」

「不、不是啦，我說過嘛，這些都是安排給遊戲角色的設定……」

「巡璃變成『加藤』了。還被叫成『惠』了……」

為什麼角色名稱寫到這邊就忽然變樣了啊，詩羽學姊……？

「沒、沒有啦！像這樣被捉弄，不也是受大家關愛的證明嗎？」

「我才不要這麼麻煩的愛……」

「哈、哈哈哈……」

女生的聚會好恐怖……

※　※　※

【歌穗】「好了，叶，列舉出來的狀況證據這麼多，妳有沒有什麼話想辯解？」

【巡璃】「…………」

【希良梨】「妳就承認了吧。反正不管妳是黑心腸或狠角色或心機女，我也不會不把妳當朋友的啦。」

【美晴留】「妳把話講成那樣，就算小叶不把妳當朋友也不奇怪吧？」

【巡璃】「……呵。」

【希良梨】「……巡璃？」

【巡璃】「呵、呵呵、呵呵呵……」

【美晴留】「奇、奇怪，先等一下……小叶？」

【歌穗】「終於現出本性了……？」

【？璃】「真討厭～這年頭的年輕姑娘善妒又不懂禮儀。」

【希良梨】「奇、奇怪？與其說是本性，這更像……」

【瑠璃】「妳們一個個都吱吱喳喳的煩死人了……聚在兄長大人身邊的一群敗犬……哼。」

【美晴留】「她的馬尾在不知不覺中解開了～！」

【歌穗】「難、難道說，這是讓大家以為本性顯露，結果卻換病嬌妹出面的收尾方式？」

【瑠璃】「我從剛才就默默在聽，妳們可真口無遮攔不是嗎……這麼想讓我當壞人的話那也沒辦法。如妳們所願，就讓我用盡手段將妳們一個不剩地擊潰好了。建議妳們無論是在什麼時候，都絕對不要讓自己落單喔……」

【希良梨】「欸，雲、雲雀之丘歌穗，一樣是病嬌的妳想點辦法（去跟她同歸於盡）啦！」

【歌穗】「我、我才不要，妳少拿我和這種用道理講不通還真的亮刀子出來的正牌病嬌相提並論。」

【美晴留】「愛讀書的人就是這麼麻煩～～永遠要記恨一些小事～～！」

【瑠璃】「呵、呵呵、呵呵呵呵呵……」

※　※　※

「辛、辛苦妳了。」

「…………」

將附加劇情的文章全部過目完畢的加藤，像是全身力氣都被抽乾一樣地趴倒在桌上了。

「哎、哎呀～話說回來，最後的收尾方式還真是意想不到～」

「……這個髮型，又不是我自己要留的。」

「對、對嘛。」

依然趴在桌上的加藤說著，把手指輕輕伸進了不知不覺中留得頗長，和病嬌瑠璃差不多長度的黑長髮。

「她們果然都是那樣子想我的……」

「不，我覺得沒那回事喔。大約只有寫這篇劇情的人除外。」

最近，詩羽學姊和加藤之間有發生過什麼嗎……？

「我有那麼難理解嗎？」

「加藤……」

「我的想法那麼讓人看不出嗎？那麼像別有用心嗎？」

也許，她那發牢騷似的表白，單純是出於想睡和疲倦。

也許，這些到了明天都可以一笑置之。

「我是不是沒辦法受大家信任呢……？」

即使如此……

「有時候，我確實也會變得不知道該不該相信妳。」

「咦～～連你都會喔？討厭耶，為什麼啊……」

即使加藤現在的煩惱再怎麼笨，再怎麼蠢，哪怕劇本裡的梗純屬搏君一笑。

「誰叫妳就是讓人覺得怪怪的啊。做人未免太好了。」

「……我做人太好？」

我現在就是誠實同學……不對，我就是應該對她誠實。

「妳做的事情，幾乎都不計自己的得失不是嗎？」

明明是被我趕鴨子上架的第一女主角，卻自己投身御宅圈，自己默默出力，自己變成社團裡的和事佬。

「所以大家才喜歡瞎猜妳是不是另有居心，或者說，習慣把這拿來當開玩笑。」

「我只是照著自己想做的在做就是了。」

可以毫不激動，毫不矯飾，斷然且淡定地講出那種台詞，簡直無慾無求到奇怪的程度。

「那妳繼續保持現在這樣不就好了？」

「繼續讓大家懷疑我心腸黑？」

「大家在懷疑的同時，也都依賴著妳。」

既然如此，我只能對那樣的傻瓜，表示全面肯定。

「太給人方便反而顯得詭異，可是妳已經是這個社團裡不可或缺的存在了。」

「我被講成詭異了……」

「畢竟妳想嘛，『友情不求回報』這句話的後頭，可是滿布背叛與欺瞞的喔。」

「向你求回報又沒有用。」

「那妳為什麼會在這裡？」

「當然是因為你叫我留下來啊。」

「妳未免太會行方便了吧，加藤。這樣的關係簡直像互相依存。」

「對不起，病嬌不是我的特質。那比心機女更不可能。」

加藤帶著和病嬌妹妹瑠璃一個樣的長相和髮型這麼嘀咕。

「那麼，妳想怎麼辦？」

「什麼怎麼辦……？」

差不多過半夜兩點了。

「是女生所以差不多該回家了」的時段早就過去，所有程式碼終於在大半夜編寫完成了。

「呃，我是問要怎麼處置這篇劇本啦。不然要捨棄嗎？」

「咦～～好不容易才讓這些在程式裡跑起來的，你要丟掉喔？」

「沒有啦，可是……留著好嗎？」

「雖然不太好……可是，霞之丘學姊寫的劇本，果然還是很有趣。」

「哎，那我倒是不否認。」

正篇的嚴肅氣氛蕩然無存，所有角色都個性變調，不過仍然在完全走樣前拉了回來，既無厘頭又充滿脫力感，而且趣味十足。

哎，雖然得加個註腳：除了被拿來大作文章的加藤……不對，除了第一女主角巡璃以外都沒走樣就是了。

「不過，我也覺得大概需要修改一點點。」

「修改哪裡？」

「我想，明顯屬於社團裡的梗還是不要寫進去比較好。」

「啊，比如巡璃心腸黑之類嗎？」

「……我想那只算單純的笑點而不是社團裡的梗，所以沒關係。」

「我、我該道歉嗎？」

加藤的眼神又有一瞬間變得像臭魚乾了。

「巡璃的本性可能很壞心，我覺得這是有趣的笑點所以可以用喔。」

不過那真的只有一瞬，接著她就變回平時……不，她帶著比平時更有活力的眼神告訴我：

「哎，畢竟巡璃在正篇確實都只有嚴肅的戲份。」

「不過，把我們的本名亮出來，或者談我們在現實生活中發生過的事，玩遊戲的人會摸不著頭緒喔。」

「那個嘛……嗯，確實也對。」

「再說玩家想認識的，是女主角們在幕後的另一面，而不是擔任角色範本的人啊。」

「加藤……」

沒錯，加藤講得熱烈。

她說出了自己對這款遊戲的想法，對附加劇情的真摯評價。

還有，從玩家觀點的冷靜領悟。

「做出我們會覺得好玩的內容是可以，可是不應該做出『只有』我們會覺得好玩的內容……安藝，你之前這樣子講過對不對？」

那些簡直像總監會講的話，會有的想法。

觀點剛好位居製作人和玩家中間。

「社團裡的梗去掉。不過，瑠璃可能很壞心的話題要留著……我會試著朝那個方向調整。」

她想出了原本該由我發覺的答案。

「……要修改的地方會滿多的喔。」

「對啊，大概還要再花兩三個小時吧。」

「那樣的話，天就亮了喔。」

「到現在你還顧忌什麼啊，安藝？」

加藤說著……果然還是用一副溫柔得不可思議的表情笑了。

「好，那我們開始來修改吧，加藤！」

「了解。」

「劇情本身由我來改。麻煩妳將我改好的文章反應在程式碼上。」

「所以說，我這邊暫時要等你忙完囉。那我趁現在去做個宵夜再回來。」

「抱歉，每次都給妳添麻煩。」

「不會啊，重要的是你改劇本要加油。改完要是變得不有趣，那就沒意義了。」

「……呃，先等一下。」

「怎麼了嗎？」

「這樣說來，等於是我擅自改了劇本對吧？」

「當然啦，我們當中能寫劇本的也只有你而已。」

「……那就等於我擅自改了詩羽學姊的文章對吧？」

「沒辦法啊，又沒有時間一一和她確認。」

「那、那樣學姊會原諒我嗎？我聽說小說家被人擅自改掉文章，自尊心會嚴重受傷耶。」

「啊，那個不用擔心，安藝。」

「為、為什麼妳有把握那樣說？」

「我絕對會讓霞之丘學姊點頭說『好』的……畢竟，那個人欠了不少人情啊……」

「……加藤？」

在那個瞬間，加藤輕輕撩起的烏黑長髮搖曳生姿，彷彿有生命一樣……我有這樣的感覺。

後記

大家好，我是丸戶。

這一集是《不起眼女主角培育法》FD（Fan Disc），要說我聽不見讀了過去集數的讀者抱怨「你讓第六集斷在那麼曖昧的地方，現在不跑正篇的劇情喔！」的聲音，其實倒也不至於，總之我仍健朗。

呃，對不起，畢竟接下來的劇情發展我還沒想……不對，由於下起筆來相當費勁，所以這次只好先將以往寫完累積的短篇彙整成一本付梓。還請見諒。

另外，關於初次接觸《不起眼女主角培育法》閱讀這一集的讀者……哎，那是你讀書的方式有問題……沒有啦，我並沒有說什麼，非常抱歉。

那麼，提到這集所收錄的短篇，基本上呢，都是正篇每出一集，便以續寫外章的形式刊載在DRAGON MAGAZINE上面的作品。

因此適逢這次收錄，為了將時間順序交代清楚就對話數做了改動。一・五章是發生在一、二集間的故事，三・三章和三・七章都是發生在三、四集之間，若能讓各位理解便是我的榮幸。

話說回來，像這樣重新審視這幾段短篇，與其說女主角登場機會不均，即使由第一女主角加藤惠來收尾已經成了固定套路，在第三集曾經登上封面的出海的待遇還是太……將來不幫她安排搶眼的舞台可不行呢。比如說，以她隸屬的社團「rouge en rouge」當舞台，寫一篇同人販售會的推理故事《社團偵探ＩＯＲＩ》……雖然這樣就不算Fantasia文庫而是富士見Ｌ文庫的題材了，而且到最後搶眼的好像會是她大哥。

接下來趕緊照慣例獻上謝詞（原本明明規劃有三頁篇幅，卻突然收到要縮減的指示……）。

深崎老師，感謝你每次都提供美妙的插畫與點子。可是這下子別說正篇，我們終於讓短篇裡連一次都沒有出現過的人躋身封面了，往後要怎麼辦才好呢？

萩原先生，感謝你總是容許我無理的請求……話說你最近似乎比我還忙，不知道過得好不好呢？哎，無論多辛苦也要小心別把智慧型手機弄壞。還有請你也不要拿那支壞掉的智慧型手機來跟我獻寶了。

那麼下一集，下回就讓我們在以某種意義上……或許要邁入高潮的第七集再次相會。

丸戸史明

二〇一四年，夏

Kadokawa Light Novels

今日開始兼職四天王！ 1 待續

作者：高遠豹介　插畫：こーた

勇者（校園偶像）VS.魔王（青梅竹馬），
為了阻止兩人戰鬥，我只好開始兼職四天王……？

初島理央開始了網路遊戲「勇魔戰爭ONLINE」，成為校園偶像的勇者宇留野麻未之親衛隊。後來他意外得知青梅竹馬早坂亞梨沙是魔王！於是又偷偷創新角，成為保護魔王的四天王。為了守護可愛的勇者＆魔王，理央必須一人分飾兩角，妨礙兩人戰鬥……？

NT$200/HK$60

台灣角川

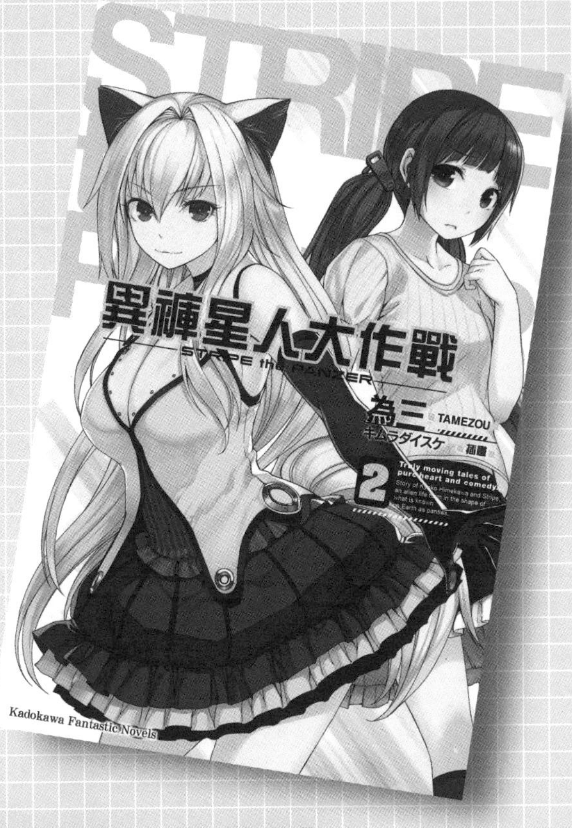

異褲星人大作戰 1~2 待續

作者：為三　插畫：キムラダイスケ

謎一般的金髮少女夏麗亞來襲！
愛意滿載的純情喜劇颯爽第二彈——

響子和史崔普的組合，狀況漸入佳境。此時，為了煽動史崔普所屬的守護宇宙和平組織「LORI」出手協助，便以集訓旅行的名目前往本部。與司令面談後，暫時成為隊員的響子在模擬訓練時邂逅金髮少女夏麗亞。菁英隊員的她莫名對響子燃起競爭意識——

各 NT$180~190/HK$55~58

Kadokawa Light Novels

B.L.
插畫：櫻野露
三萌主義
Kadokawa Fantastic Novels

三萌主義

作者：B.L.　插畫：櫻野露

站起來吧！萌民們！
小蘿莉╳蘿莉控的革命物語！

因為阿宅父母的影響而興趣取向不同於常人的少年羅思，升上高二後決定要封印身邊的宅物，好好重新做人！然而這個決定才下了不到半天，一個宛若來自二次元的小蘿莉——古曉萌，就這麼出現在他的眼前！

NT$200/HK$60

Kadokawa Light Novels

身為男高中生兼當紅輕小說作家的我，正被年紀比我小且從事聲優工作的女同學掐住脖子 1 —Time to Play—〈上〉

時雨沢惠一 插畫／黑星紅白

Kadokawa Fantastic Novels

身為男高中生兼當紅輕小說作家的我，
正被年紀比我小且從事聲優工作的女同學掐住脖子 1 待續

作者：時雨沢惠一　插畫：黑星紅白

時雨沢惠一×黑星紅白的新系列登場
身兼暢銷作家的男高中生為何惹來死亡威脅？

身兼作家身分的男高中生，轉學到另一所高中就讀時，得知新班上的女同學剛好在他的小說改編動畫中配音。兩人把工作當成祕密，只有每週四為動畫配音工作並肩坐在特快車上時才交談……為何他最後卻遭到致命殺機？懸疑推理小說登場！

台灣角川

NT$220/HK$68

國家圖書館出版品預行編目(CIP)資料

不起眼女主角培育法FD / 丸戸史明作 ; 鄭人彥
譯. -- 初版. -- 臺北市 : 臺灣角川, 2015.01
面 ;　公分. -- (Kadokawa fantastic novels)
譯自 : 冴えない彼女の育てかたFD
ISBN 978-986-366-318-8(平裝)

861.57　　103024728

Kadokawa
Fantastic
Novels

不起眼女主角培育法 FD

（原著名：冴えない彼女（ヒロイン）の育てかた FD）

2015年3月11日　初版第1刷發行
2023年8月10日　初版第15刷發行

作　者：丸戶史明
插　畫：深崎暮人
譯　者：鄭人彥

發 行 人：岩崎剛人
總 編 輯：蔡佩芬
副總編輯：朱哲成
美術設計：吳佳昀
印　務：李明修（主任）、張加恩（主任）、張凱棋

發 行 所：台灣角川股份有限公司
地　址：104台北市中山區松江路223號3樓
電　話：（02）2515-3000
傳　真：（02）2515-0033
網　址：www.kadokawa.com.tw
劃撥帳戶：台灣角川股份有限公司
劃撥帳號：19487412
法律顧問：有澤法律事務所
製　版：巨茂科技印刷有限公司
ISBN：978-986-366-318-8